선생님과 함께 읽는 배따라기

물음표로 찾아가는 한국단편소설 18

배따라기

선생님과
함께 읽는

서울국어교사모임 지음 ㅣ 성자연 그림

Humanist

'물음표로 찾아가는 한국단편소설' 시리즈를 펴내며

문학 교육은 아이들이 꿈을 꾸게 하기 위해 필요합니다. 그러나 요즘의 문학 교육은 참고서와 문제집을 통해서만 이루어지고 있습니다. 그래서 문학 수업은 엉뚱한 상상도 발랄한 질문도 없는 밍밍하고 지루한 시간이 되어버렸습니다. 상상의 여지가 사라지고 질문이 없는 수업은 아이들을 질리게 하고 문학을 말라 죽게 합니다. 그렇다면 어떻게 해야 문학 교육을 살릴 수 있을까요?

무엇보다 학생들이 스스로 생각을 열어 질문을 만들 수 있게 해야합니다. 매우 상식적인 일이지만, 우리 교육 환경에서는 잘 이루어지기가 어렵습니다. 그래서 전국국어교사모임은 학생들이 스스로 생각을 열고 엉뚱한 상상과 발랄한 질문을 할 수 있는 마중물을 붓기로 했습니다. 이는 말라버린 문학뿐 아니라 아이들의 메마른 마음에도 물을 붓는 일이 될 것입니다.

교과서에 실린 의미 있는 작품을 골랐습니다 중·고등학교 국어 교과서나 문학 교과서에 실린 단편소설 가운데 오랫동안 많은 사람들에게 널리 읽힌 작품을 골랐습니다. 교과서에 실렸다는 것은 중·고등학생들에게 유용한 작품이라는 것이고, 오래 널리 읽혔다는 것은 재미나 감동, 그리고 생각거리 면에서 어느 하나는 사람들의 마음에 들었음을 뜻하기 때문입니다.

전국의 학생들에게 물었습니다　전국에 있는 수많은 학생에게 소설을 읽혀보고, 그들이 궁금해하는 것을 모았습니다. 그러고 나서 의미 있는 질문거리들을 일정한 방식으로 배열했습니다.

현직 국어 선생님들이 물음에 답했습니다　전국의 국어 선생님 100여 분이 다양한 책과 논문을 살펴본 다음 질문에 대한 답을 했습니다. 이런 과정을 통해 보다 보편적인 작품의 의미에 접근하고자 했습니다.

교육과정과의 연관성을 고려했습니다　수업 현장에서 또는 학생 스스로 이용할 수 있도록 했습니다. '깊게 읽기'에서는 인물, 사건, 배경, 주제 등 작품과 직접 관련되는 내용을 다루었으며, '넓게 읽기'에서는 작가, 시대상, 독자 이야기 등을 살펴볼 수 있도록 했습니다.

　'물음표로 찾아가는 한국단편소설' 시리즈는 다양하고 깊이 있는 생각을 이끌어낼 수 있는 소설 감상의 안내서 구실을 할 것입니다. 또한 작품에 대한 해석과 이해의 차원을 넘어서 문화적·사회적·역사적 정보를 폭넓고 다양하게 제시함으로써 문학 감상 능력을 향상시켜 줄 뿐만 아니라, 문학과 가까워질 수 있는 기회를 제공해 줄 것입니다.

전국국어교사모임

머리말

이 책의 원고를 쓰고 있는 지금은 차가운 기운이 정신과 폐를 상쾌하게 만드는 겨울입니다. 일상 속의 근심과 걱정으로 인한 열기가 기분 좋게 사그라드는 느낌입니다. 〈배따라기〉의 '그'가 아우를 찾기 위해 맞았던 바닷바람도 꽤 서늘했을 것입니다. 그 한기 속에서 '그'는 과거의 아픔을 차가운 바닷바람에 실어 보내고 싶어 했을지도 모르겠네요.

김동인의 〈배따라기〉는 우리 문학사에서 중요한 의미를 지니는 작품입니다. 이 소설은 한 개인의 아픔과 절망을 다루는 동시에, 그가 그러한 운명의 질곡을 어떻게 살아나가는지를 보여줍니다. 그저 한 사람의 이야기가 아니라, 아내와 아우와의 관계 속에서 그의 삶이 담고 있는 여러 겹의 의미를 이해하는 순간, 우리는 그와 연결되고 나아가 그 시대와도 연결될 수 있습니다. 아울러 서술자의 생각을 살펴보며 작가인 김동인의 생애와 예술관 및 다른 작품에 담긴 철학들도 이해할 수 있을 겁니다. 이처럼 문학은 시간과 공간을 넘어 우리를 다양한 세계로 데려가며, 우리의 사고를 깊고 넓게 만들어줍니다.

하지만 때로는 문학 작품을 읽는 것이 어렵게 느껴질 수도 있습니다. 인물들의 행동과 선택이 왜 그렇게 이루어졌는지, 그들이 속한 시대가 작품에 어떤 영향을 미쳤는지 알지 못한다면 작품이 낯설고 멀게 느껴질 수 있으니까요. 그래서 이 책은 작품을 읽는 데서 끝나는 것이 아니라, 학생들이 작품의 배경과 맥락을 이해하며 보다 깊이 있는 독서를 할 수 있도록 돕고자 합니다.

　이 책은 학생들이 궁금해하는 질문을 교사들이 엄선하여 작품 속 장면 하나하나를 함께 탐구하며 등장인물의 내면을 살펴보고, 작품에 담긴 숨겨진 메시지를 발견하도록 안내합니다. 또한 김동인의 생애와 문학관, 그가 바라본 세계와 그 세계관이 작품 속에 어떻게 반영되었는지도 살펴볼 것입니다. 이를 통해 독자들은 문학 작품이 단지 작가의 상상이 아니라 그 시대의 이야기와 작가 개인의 삶이 복합적으로 얽혀 있음을 이해하게 될 것입니다.

　문학을 읽는다는 것은 자신을 돌아보고 다른 사람의 삶을 이해하며, 세상을 더 탐구적인 시각으로 바라보는 연습입니다. 여러분이 이 책을 통해 김동인의 〈배따라기〉를 깊이 읽고, 작품 속에 담긴 감정과 의미를 느끼며, 문학이 주는 아름다움을 경험할 수 있기를 바랍니다. 나아가 이 경험이 여러분에게 문학을 사랑하게 될 작은 씨앗으로 심겨, 마침내 더 넓은 세계를 향한 상상력과 공감력을 펼쳐나가는 큰 나무로 자라나기를 진심으로 바랍니다.

　선생님과 함께 떠나는 이 일상 속 문학 여행이 여러분에게 사소하지만 특별한 의미가 있는 만남으로 기억되기를 기대합니다.

　　　　　　　　　　　　　　　　　　　김재우, 김지원, 박종연, 송지한

차례

배따라기

김동인

좋은 일기이다.

　좋은 일기라도, 하늘에 구름 한 점 없는, 우리 '사람'으로서는 감히 접근치 못할 위엄을 가지고 높이서 우리 조그만 '사람'을 비웃는 듯이 내려다보는 그런 교만한 하늘은 아니고, 가장 우리 '사람'의 이해자인 듯이 낮추 뭉글뭉글 엉기는 분홍빛 구름으로서 우리와 서로 손목을 잡자는, 그런 하늘이다. 사랑의 하늘이다.

　나는 잠시도 멎지 않고 푸른 물을 황해로 부어내리는 대동강을 향한 모란봉 기슭, 새파랗게 돋아나는 풀 위에 뒹굴고 있었다.

　이날은 삼월 삼질, 대동강에 첫 뱃놀이하는 날이다. 가맣게 내려다보이는 물 위에는, 결결이 반짝이는 물결을 푸른 놀잇배들이 타고 넘으며, 거기서는 봄 향기에 취한 형형색색의 선율이 유단(柔緞)보다도 보드라운 봄 공기를 흔들면서 날아온다. 그리고 거기서 기생들의 노래와 함께 날아오는 조선 아악(雅樂)은 느리게, 길게, 유탕(遊蕩)하게, 부드럽게, 그리고 또 애처롭게, 모든 봄의 정다움과 끝까지 조화치 않고는 안 두겠다는 듯이, 대동강에 흐르는 시커먼 봄물, 청류벽에 돋아나는 푸르른 풀어음, 심지어 사람의 가슴속에 봄에 뛰노는 불붙는 핏줄기까지라도 습기 많은 봄 공기를 당겨놓고, 떨리지 않고는 두지 않는다.

봄이다. 봄이 왔다.

부드럽게 부는 조그만 바람이, 시커먼 조선솔을 꿰며, 또는 돋아나는 풀을 스치고 지나갈 때의 그 음악은, 다른 데서 듣지 못할 아름다운 음악이다.

아아, 사람을 취케 하는 푸르른 봄의 아름다움이여!

열다섯 살부터의 동경(도쿄) 생활에, 마음껏 이런 봄을 보지 못하였던 나는, 늘 이것을 보는 사람보다 곱 이상의 감명을 여기서 받지 않을 수가 없다.

평양 성내에는 겨우, 툭툭 터진 땅을 헤치며 파릇파릇 돋아나는 나무새기와 돋아나려는 버들의 어음으로 봄이 온 줄 알 뿐, 아직 완전히 봄이 안 이르렀지만, 이 모란봉 일대와 대동강을 넘어 보이는 가나안 옥토를 연상시키는 장림(長林)에는 마음껏 봄의 정다움이 이르렀다.

다스한 봄 정에
솟아나리다.
다스한 봄 정에
솟아나리다.

나는 두어 번 소리 나게 읊은 뒤에 담배를 붙여 물었다. 담배 내는 무럭무럭 하늘로 올라간다.

하늘에도 봄이 왔다.

하늘은 낮았다. 모란봉 꼭대기에 올라가면 넉넉히 만질 수가 있으리만큼 하늘은 낮다. 그리고 그 낮은 하늘보다 오히려 더 높이 있는 듯한 분홍빛 구름은, 뭉글뭉글 엉기면서 이리저리 날아다닌다.

나는 봄 향기에 취하여서 한참 구름을 따라 눈을 굴리다가 눈을 장림으로 향하였다.

장림의 그 푸른빛. 꽤 자란 밀보리들로 새파랗게 장식한 그 장림, 그 푸른빛. 만족한 웃음을 띠고 그 벌에 서서 내다보는 농부의 모양은, 보지 않아도 생각할 수가 있었다.

구름은 작고, 하늘을 날아다니는 모양이다. 그 밀 위에 비치었던 구름의 그림자는 그 구름과 함께 저편으로 몰려가며, 거기는, 세계를 아까 만들어놓은 것 같은 새로운 녹빛이 퍼져나간다. 바람이나 조금 부는 때는 그 잘 자란 밀들은 물결과 같이 누웠다 일어났다. 일록일청으로 춤을 춘다. 그리고 봄의 한가함을 찬송하는 솔개들은 높은 하늘에서 동그라미를 그리면서 더욱더 아름다운 봄에 향수를 붓는다.

나는 이러한 아름다운 봄 경치에 이렇게 마음껏 봄의 속삭임을

들을 때는 언제든 유토피아를 생각지 않을 수 없다. 우리가 시시각각으로 애를 쓰며 수고하는 것은, 그 목적은 무엇인가? 역시 유토피아 건설에 있지 않을까? 유토피아를 생각할 때는 언제든 그 '위대한 인격의 소유자'며 '사람의 위대함을 끝까지 즐긴' 진나라 시황을 생각지 않을 수 없다.

우리가 어찌하면 죽지를 아니할까 하여, 동남동녀 삼백을 배를 태워 불사약을 얻으려 떠나보내며, 예술의 사치를 다하여 아방궁을 지으며, 매일 신하 몇천 명과 잔치로써 즐기며, 이리하여 여기 한 유토피아를 세우려던 시황은, 몇만의 역사가가 어떻다고 욕을 하든, 그는 참말로 참삶의 향락자며 역사 이후의 제일 큰 위인이라고 할 수가 있다. 그만한 순전한 용기 있는 사람이 있고야, 우리 인류의 역사는 끝이 날지라도 한 '사람'을 가졌었다고 할 수 있다.

"큰사람이었다."

하면서 나는 머리를 들었다.

이때에 기자묘 근처에서 이상한 슬픈 소리가, 떨리면서 봄 공기를 진동시키며 날아오는 것을 들었다. 나는 무심중 귀를 기울였다.

'영유 배따라기'다. 그것도 웬만한 광대나 기생은 발꿈치에도 미치지 못하리 만한 그만큼, 그 배따라기의 주인은 잘 부르는 사람이었다.

비나이다, 비나이다.

산천후토 일월성신

하느님전 비나이다.

실낱같은 우리 목숨

살려달라 비나이다.

에-야, 어그여지야.

여기까지 이르렀을 때에, 저편 아래 물에서 장구 소리와 함께 기생의 노래가 울려오며 배따라기는 그만 안 들리게 되었다.

나는 2년 전 한여름을 영유서 지내본 일이 있다. 배따라기의 본곳인 영유를 몇 달 있어본 사람은 그 배따라기에 대하여 언제든 한 속절없는 애처로움을 깨달을 터이다. 배따라기에 속절없는 눈물을 흘린 시인이 그 몇일고.

영유, 이름은 모르지만 ××산에 올라가서 내다보면 앞에는 망망한 황해이니, 거기 저녁때의 경치는 한번 본 사람은 영구히 잊을 수가 없으리라. 불덩이 같은 커다란 시뻘건 해가 남실남실 넘치는 바다에 도로 빠질 듯, 도로 솟아오를 듯 춤을 추며, 거기서 때때로 보이지는 않는 배에서 배따라기만 슬프게 날아오는 것을 들을 때엔, 눈물 많은 나는 때때로 눈물을 흘렸다. 이로 보아서, 어떤 원의 아내가 자기의 모든 영화를 낡은 신과 같이 내던지고 뱃사람과 정처 없는 물길을 떠났다 함도 믿지 못할 말이랄 수가 없다.

영유서 돌아온 뒤에도 그 배따라기는 내 마음에 깊이 새겨져 잊으려야 잊을 수가 없었고, 언제 한번 다시 영유를 가서 그 노래를 한 번 더 들어보고 그 경치를 다시 한번 보고 싶은 생각이 늘 떠나지를 않았다.

장구 소리와 기생의 노래는 멎고 배따라기만 슬프게 날아온다. 결결이 부는 바람으로 말미암아 때때로는 들을 수가 없으되, 나의 기억과 곡조를 부합하여 들은 배따라기는 여기이다.

강변에 나왔다가
나를 보더니만
혼비백산하여
꿈인지 생시인지
생시인지 꿈인지
와르륵 달려들어
섬섬옥수로 붙잡고
호천망극하는 말이
'하늘로부터 떨어지며
땅으로부터 솟아났나.
바람결에 묻어 오고
구름길에 싸여 왔나.'
이리 서로 붙들고 울음 울 제
인리제인이며
일가친척이 모두 모여

여기까지 들은 나는, 마침내 참지 못하고 벌떡 일어서서 소나무 가지에 걸렸던 모자를 내려 쓰고 그곳을 찾으려 모란봉 꼭대기에 올라섰다. 꼭대기는 좀 더 노랫소리가 잘 들린다. 그는 배따라기의 맨 마지막, 여기를 부른다.

밥을 빌어서
죽을 쑬지라도
제발 덕분에
뱃놈 노릇은 하지 마라.
에-야 어그여지야.

그의 소리로써 방향을 찾으려던 나는, 그만 그 자리에 섰다.
"어딘가? 기자묘? 혹은 을밀대?"
그러나 나는 오래 서 있을 수가 없었다. 어떻든 찾아보자 하고, 현무문으로 가서 문밖에 썩 나섰다. 기자묘의 깊은 솔밭은 눈앞에 쫙 퍼진다.
"어딘가?"
나는 또 물어보았다.
이때에 그는 또다시 배따라기를 첫번부터 부른다. 그 소리는 왼편에서 온다.
'왼편이구나.' 하면서 소리 나는 곳을 더듬어서 소나무 틈으로 한참 돌다가 겨우, 기자묘 치고는 그중 하늘이 넓고 밝은 곳에 혼자서 뒹굴고 있는 그를 찾아내었다. 나의 생각한 바와 같은 얼굴이다. 얼

굴, 코, 입, 눈, 몸집이 모두 네모나고, 그의 이마의 굵은 주름살과 시꺼먼 눈썹은, 고생 많이 함과 순전한 성격을 나타내인다.

그는 어떤 신사가 자기를 들여다보는 것을 보고, 노래를 그치고 일어나 앉는다.

"왜? 그냥 하지요."

하면서 나는 그의 곁에 가 앉았다.

"머……."

할 뿐, 그는 눈을 들어서 터진 하늘을 쳐다본다.

좋은 눈이었다. 바다의 넓고 큼이 유감없이 그의 눈에 나타나 있다. '그는 뱃사람이다.' 나는 짐작하였다.

"고향이 영유요?"

"예, 머, 영유서 나기는 했디만, 한 20년 영윤 가보디두 않았시요."

"왜 20년씩 고향엘 안 가요?"

"사람의 일이라니, 마음대루 됩데까?"

그는 왜 그러는지 한숨을 짓는다.

"거저, 운명이 제일 힘셉데다."

운명의 힘이 제일 세다는 그의 소리에는 삭이지 못할 원한과 뉘우침이 섞여 있다.

"그래요?"

나는 다만 그를 쳐다볼 뿐이다.

한참 잠잠하니 있다가 나는 다시 말하였다.

"자, 노형의 경험담이나 한번 들어봅시다. 감출 일이 아니면 한번 이야기해 보쇼."

좀 있다가 그는 "하디오." 하면서, 내가 담배를 붙이는 것을 보고 자기도 대에 담배를 붙여 물고 이야기를 꺼낸다.

"19년 전 팔월 열하룻날 일인데요."

하면서 그가 이야기한 바는 대략 이와 같은 것이다.

그의 살던 마을은 영유 고을서 한 20리 떠나 있는, 바다를 향한 조그만 동리이다. 그의 살던 조그만 마을(서른 집쯤 되는)에서는 그는 꽤 유명한 사람이었었다.

그의 부모는 모두 열댓쯤 났을 때 없었고, 남은 친척은 곁집에 딴 살림하는 그의 아우 부처와 그 자기 부처뿐이었다. 그들 형제가 그 마을에서 제일 부자이고 또 제일 고기잡이를 잘하였고, 그중 글이 있었고 배따라기도 그 마을에서 빼어나게 그 형제가 잘하였다. 말하자면 그 형제가 그 동리의 대표적 사람이었었다.

팔월 보름은 추석 명절이다. 팔월 열하룻날, 그는 명절에 쓸 장도 볼 겸, 그의 아내가 늘 부러워하는 거울도 하나 사 올 겸, 장으로 향하였다.

"장손네 집에 있는 것보다 큰 거이오. 잊디 말구요."

그의 아내는 길까지 따라 나오면서 잊지 않도록 부탁하였다.

"안 잊어."

하면서, 그는 떠오르는 새빨간 햇빛을 앞으로 받으면서 자기 마을을 나섰다.

그는 아내를 (이렇게 말하기는 우습지만) 고와했다. 그의 아내는 촌에는 드물도록 연연하고도 예쁘게 생겼다. (그는 나에게 이렇게 말하였다.)

"성내(평양) 덴줏골을 가두 그만한 거 쉽디 않다요."

그러니까 촌에서는, 그리고 그 당시에는, 남에게 우습게 보이도록
그 부처의 사이는 좋았다. 늙은이들은 계집에게 혹하지 말라고 흔히
그에게 권고하였다.

부처의 사이는 좋았지만, 아니 오히려 좋으므로, 그는 아내에게 시
기를 많이 하였다. 그리고 그의 아내는 시기를 받을 일을 많이 하였
다. 품행이 나쁘다는 것이 아니라, 그의 아내는 대단히 쾌활한 성질
로서 아무에게나 말 잘하고 애교를 잘 부렸다.

그 동리에서는 무슨 명절이나 되면, 집이 그중 정함을 핑계 삼아
젊은이들은 모두 그의 집에 모이고 하였다. 그 젊은이들은 모두 그
의 아내에게 '아주마니'라 부르고, 그의 아내는 '아주바니 아주바니'
하며 그들과 지껄이고 즐기며 그 웃기 잘하는 입에는 늘 웃음을 흘
리고 있었다. 이럴 때마다 그는 한편 구석에서 눈만 힐끗거리며 있
다가, 젊은이들이 돌아간 뒤에는 불문곡직하고 아내에게 덤벼들어
발길로 차고 때리며, 이전에 사다 주었던 것을 모두 거두어 올린다.

싸움을 할 때에는 언제든 곁집에 있는 아우 부처가
말리러 오며, 그렇게 되면 언제든 그는 아우 부처
까지 때렸다.

그 아우에게 그렇게 구는 데는 이유가 있었
다. 그의 아우는 촌사람에게는 다시없도
록 늠름한 위엄이 있었고, 만날 바닷
바람을 쏘였지만 얼굴이 희었다. 이것
만도 시기가 된다 하면 되지만, 특별
히 아내가 그의 아우에게 친절히 하
는 데 이르러서는, 그는 억울하도록 시
기를 하였다.

그가 영유를 떠나기 반년 전쯤, 다시 말하면 그가 거울을 사려
장에 갈 때부터 반년 전쯤, 3월 열엿새 날이 그의 생일이었다. 그의
집에서는 음식을 차려서 잘 먹었는데, 그에게는 한 버릇이 있어서,
맛있는 음식은 남겨두었다가 좀 이따 먹고 하는 것을 예사로 하였
다. 그의 아내도 이 버릇은 잘 알 터인데, 그의 아우가 점심때쯤 오
니까 아까 그가 아껴서 남겨두었던 그 음식을 아우에게 주려 하였
다. 그는 눈을 부릅뜨고 '못 주리라'고 암호를 하였지만, 아내는 그것
을 보았는지 못 보았는지 그의 아우에게 주어버렸다. 그는 마음속
이 자못 편치 못하였다. '트집만 있으면 이년을…….' 그는 마음먹었
다. 그의 아내는 시아우에게 상을 준 뒤에 물러오다가 그만 그의 발
을 조금 밟았다.

"이년!"

그는 힘껏 발을 들어서 아내를 냅다 찼다. 그의 아내는 상 위에 꺼꾸러졌다가 일어난다.

"이년, 사내 발을 짓밟는 년이 어대 있어!"

"거 좀 밟아서 발이 부러뎃쉐까?"

아내는 낯이 새빨개져서 울음 섞인 소리로 고함친다.

"이년! 말대답이……."

그는 일어서서 아내의 머리채를 휘어잡았다.

"형님! 왜 이리십네까?"

아우가 일어서면서 그를 붙잡았다.

"가만있가라, 이놈의 자식!"

하며 그는 아우를 밀친 뒤에 아내를 되는대로 내리찧었다.

"죽얼, 이년! 나가라!"

"죽에라, 죽에라! 난 죽어두 이 집에선 못 나가!"

"못 나가?"

"못 나가디 않구."

이때다. 그의 마음에는 그 '못 나가겠다'는 아내의 마음이 폭 들이박혔다. 그 이상 때리기가 싫었다.

"망한 년! 그럼 내 나갈라."

하고 그는 문밖으로 뛰어나갔다.

"형님, 어디 갑네까?"

하는 아우의 말을 대답도 안 하고, 그는 곁 동리 탁줏집으로 뒤도 안 돌아보고 가서, 거기 있는 술 파는 계집과 술상 앞에 마주 앉았다.

그날 저녁, 얼근히 취한 그는 아내를 위하여 떡을 한 돈어치 사가지고 집으로 돌아왔다.

이리하여 또 서너 달은 평화가 이르렀다. 그러나 이 평화가 언제까지든 연속할 수가 없었다. 그의 아우로 말미암아 또 평화는 쪼개져 나갔다.

오월 초승부터 영유 고을 출입이 잦던 그의 아우는, 오월 그믐께부터는 고을서 며칠씩 묵어 오는 일이 많았다. 함께, 고을에 첩을 얻어두었다는 소문이 퍼졌다. 이 소문이 있은 뒤는, 아내는 그의 아우가 고을 들어가는 것을 벌레보다도 더 싫어하고, 며칠 묵어 나오는 때면 곧 아우의 집으로 가서 그와 담판을 하며, 심지어 동서인 아우의 처에게까지 못 가게 하지 않는다고 싸우는 일이 있었다. 칠월 초승께 그의 아우는 고을에 들어가서 열흘쯤 묵어 온 일이 있었다. 이때도 전과 같이 그의 아내는 그의 아우와 제수와 싸우다 못하여, 마침내 그에게까지 와서 아우가 그런 못된 데를 다니는 것을 그냥 둔다고, 해보자 한다. 그 꼴을 곱게 보지 않았던 그는 첫마디로 고함을 쳤다.

"네게 상관이 무에가? 듣기 싫다."

"못난둥이. 아우가 그런 델 댕기는 걸 말리지두 못하고!"

분김에 그의 아내는 고함쳤다.

"이년, 무얼?"

그는 일어섰다.

"못난둥이!"

그 말이 채 끝나기 전에 그의 아내는 '악' 소리와 함께 그 자리에 꺼꾸러졌다.

"이년! 사내에게 그 따웃 말버릇 어디서 배완!"

"에미네 때리는 건 어디서 배왔노? 못난둥이!"

그의 아내는 울음소리로 부르짖었다.

"상년, 그냥? 나갈! 우리 집에 있디 말구 나갈!"

그는 내리찧으면서 부르짖었다. 그리고 아내를 문을 열고 밀쳤다.

"나가디 않으리!"

하고 그의 아내는 울면서 뛰어나갔다.

"망한 년!"

토하는 듯이 중얼거리고 그는 그 자리에 주저앉았다.

그의 아내는 해가 져서 어두워져도 돌아오지를 않았다. 일단 내쫓기는 하였지만, 그는 아내의 돌아옴을 기다리고 있었다. 어두워져서도 그는 불도 안 켜고, 성이 나서 우들우들 떨면서 아내의 돌아오기를 기다렸다. 그러나 그의 아내의 참 기쁜 듯이 웃는 소리가 그의 아우의 집에서 밤새도록 울려왔다. 그는 움쩍도 안 하고 그 자리에 앉아서 밤을 새운 뒤에, 새벽 동터올 때 아내와 아우를 죽이려고 부엌에 가서 식칼을 가지고 들어와서 문을 벌컥 열었다.

그의 아내로서 만약 근심스러운 얼굴을 하고 그 문밖에 우두커니 서서 문을 들여다보고 있지 않았으면, 그는 아내와 아우를 죽이고야 말았으리라.

그는 아내를 보는 순간, 마음에 가득 차는 사랑을 깨달으면서, 칼을 내던지고 뛰어나가서 아내의 머리채를 휘어잡고 "이년!" 하면서 들어와서 뺨을 물어뜯으면서 함께 이리저리 자빠져서 뒹굴었다.

이리하여 평화는 또 이르렀다.

그런 이야기를 다 하려면 끝이 없으되, 다만 '그', '그의 아내', '그의 아우' 그 세 사람의 삼각관계는 대략 이와 같았다.

각설.

거울은 마침 장에 마음에 맞는 것이 있었다. 지금 것과 대보면, 어떤 때는 코도 크게 보이고 입이 작게도 보이는 것이지만, 그 당시에는 그리고 그런 촌에서는 둘이 없는 귀물이었었다. 거울을 사가지고 장을 본 뒤에, 그는 이 거울을 아내에게 주면 그 기뻐할 모양을 생각하면서, 새빨간 저녁 햇빛을 받은 넘치는 듯한 바다를 안고 자기 집으로, 늘 들러 오던 탁줏집에도 안 들러서 돌아왔다.

그러나 그가 그의 집 방 안에 들어선 때에는, 뜻도 안 하였던 광경이 그의 눈앞에 벌리었다.

방 가운데는 떡 상이 있고, 그의 아우는 수건이 벗어져서 목 뒤로 늘어지고, 저고리 고름이 모두 풀어져 가지고 한편 모퉁이에 서 있고, 아내도 머리채가 모두 뒤로 늘어지고, 치마가 배꼽 아래 늘어지도록 되어 있으며, 그의 아내와 아우는 그를 보고 어찌할 줄을 모르는 듯이 움쩍도 안 하고 서 있었다.

세 사람은 한참 동안 어이가 없어서 서 있었다. 좀 있다가 그의 아우가 겨우 말했다.

"그놈의 쥐, 어디 갔니?"

"흥! 쥐? 훌륭한 쥐 잡댔다!"

그는 말을 끝내지 않고 짐을 벗어버리고 뛰어가서 아우의 멱살을

그러쥐었다.

"형님! 정말 쥐가!"

"쥐? 이놈! 형수와 그런 쥐 잡는 놈 어디 있니?"

그는 따귀를 몇 번 때린 뒤에 등을 밀어서 문밖에 집어 던졌다. 그런 뒤에, 이제 자기에게 이를 매를 생각하고 우들우들 떨면서 아랫목에 서 있는 아내에게 달려들었다.

"이년! 시아우와 그러는 년이 어디 있어?"

그는 아내를 꺼꾸러뜨리고 함부로 내리찧었다.

"정말 쥐가…… 아이 죽겠다!"

"이년! 너두 쥐? 죽어라!"

그의 팔다리는 함부로 아내의 몸 위에 오르내렸다.

"아이 죽갔다. 정말 아까 적은이(시아우)가 왔게 떡 먹으라구 내놨더니……."

"듣기 싫다! 시아우 붙은 년이 무슨 잔소릴……."

"아이, 아이, 정말이야요. 쥐가 한 마리 나……."

"그냥 쥐?"

"쥐 잡을래다가……."

"상년, 죽얼! 물에래두 빠데 죽얼!"

그는 실컷 때린 뒤에, 아내도 아우와 같이 등을 밀어 내쫓았다. 그 뒤에 그의 등으로

"고기 배때기에 장사해라!"

토하였다.

분풀이는 실컷 하였지만, 그래도 마음속이 자못 편치 못하였다. 그는 아랫목으로 가서 바람벽을 의지하고 실신한 사람같이 우두커니 서서 떡 상만 들여다보고 있었다.

　서편으로 바다를 향한 마을이라 다른 곳보다는 늦게 어둡지만, 그래도 술시쯤 되어서는 깜깜하니 어두웠다. 그는 불을 켜려고 바람벽에서 떠나서 성냥을 찾으려 돌아갔다. 성냥은 늘 있던 자리에 있지 않았다. 그래서 여기저기 뒤적이노라니까, 어떤 낡은 옷 뭉치를 들칠 때에 쥐 소리가 나면서 무엇이 후덕덕 튀어나온다. 그리하여 저편으로 기어서 도망한다.

　"역시 쥐댔다!"

　그는 조그만 소리로 부르짖었다. 그리고 그만 그 자리에 맥없이 털썩 주저앉았다.

　아까 그가 보지 못한 때의 광경이 활동사진과 같이 그의 머리에 지나갔다.

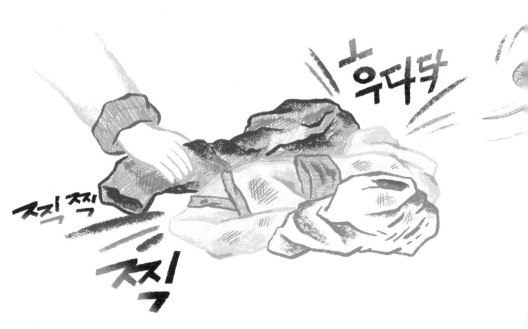

아우가 집에를 왔다. 아우에게 친절한 아내는 떡을 먹으라고 아우에게 떡 상을 내어놓는다. 그때에 어디선가 쥐가 한 마리 튀어나온다. 둘이서는 쥐를 잡느라고 돌아간다. 한참 성화시키던 쥐는 어느 구석에 숨어버린다. 그들은 쥐를 찾느라고 두룩거린다. 그때에 그가 들어선 것이다.

'상년, 좀 있으믄 안 들어오리?'

그는 억지로 마음먹고 그 자리에 드러누웠다.

그러나 그의 아내는 밤이 가고, 밝기는커녕 해가 중천에 떠올라도 들어오지를 않았다. 그는 차차 걱정이 나서 찾아보려 나섰다.

아우의 집에도 없었다. 동리를 모두 찾아보아도, 본 사람도 없다 한다.

그리하여 낮쯤 한 삼사 리 내려가서 바닷가에서 겨우 아내를 찾기는 찾았지만, 그 아내는 이전과 같은 생기로 찬 산 아내가 아니요, 몸은 물에 불어서 곱이나 크게 되고, 이전에 늘 웃음을 흘리던 예쁜 입에는 더품을 잔뜩 물은 죽은 아내이다.

그는 아내를 업고 집에 오기까지는 정신이 없었다.

이튿날 간단하게 장사를 하였다. 뒤에 따라오는 아우의 얼굴에는, '형님, 이게 웬일이오니까?' 하는 기운이 떠돌았다.

장사를 지낸 이튿날부터 아우는 그 조그만 마을에서 없어졌다. 하루 이틀은 심상히 지냈지만, 닷새 엿새가 지나도 아우는 돌아오지 않았다. 그래서 알아보니까, 꼭 그의 아우와 같이 생긴 사람이 오류일 전에 멧산자봇짐을 하여 진 뒤에 시뻘건 저녁 해를 등으로 받고 더벅더벅 동편으로 가더라 한다. 그리하여 열흘이 지나고 스무날이 지났지만, 한번 떠난 그의 아우는 돌아올 길이 없고, 혼자 남은 아우의 아내는 만날 한숨으로 세월을 보내게 되었다.

그도 이것을 잠자코 보고 있을 수가 없었다. 그 불행의 모든 죄는 죄 그에게 있었다.

그도 마침내 뱃사람이 되어, 적으나마 아내를 삼킨 바다와 늘 접근하며 가는 곳마다 아우의 소식을 알아보려고 어떤 배를 얻어 타고 물길을 나섰다.

그는 가는 곳마다 아우의 이름과 모양을 말하며 물었으되, 아우의 소식은 알 수가 없었다.

이리하여 꿈결같이 10년을 지나서, 9년 전 가을, 탁탁히 낀 안개를 꿰며 연안 바다를 지나가던 그의 배는, 몹시 부는 바람으로 말미암아 파선을 하여 몇몇 사람은 죽고, 그는 정신을 잃고 물 위에 떠돌고 있었다.

그가 겨우 정신을 차린 때는 밤이었었다. 그리고 어느덧 그는 뭍 위에 올라와 있었고, 그를 말리느라고 새빨갛게 피워놓은 불빛으로 자기를 간호하는 아우를 보았다.

그는 이상하게 놀라지도 않고 천연히 물었다.

"너, 어디케(어떻게) 여게 완?"

아우는 잠자코 한참 있다가 겨우 대답하였다.

"형님, 거저 다 운명이외다."

따뜻한 불기운에 잠들려 하던 그는, 화닥닥 깨면서 또 말하였다.

"10년 동안에 되게 파리했구나!"

"형님, 나두 변했거니와 형님두 되게 변하셨쉐다!"

이 말을 꿈결같이 들으면서 그는 또 혼혼히 잠이 들었다. 그리하여 두어 시간, 꿀보다도 단 잠을 잔 뒤에 깨어보니, 아까같이 새빨간 불은 피어 있지만, 아우는 어디로 갔는지 없어졌다. 곁의 사람에게 물어보니까, 아까 아우는 그의 얼굴을 물끄러미 한참 들여다보고 있다가, 새빨간 불빛을 등으로 받으면서 더벅더벅 아무 말 없이 어두움 가운데로 사라졌다 한다.

이튿날 아무리 알아보아야 그의 아우는 종적이 없어지고 알 수 없으므로, 그는 할 수 없이 다른 배를 얻어 타고 또 물길을 나섰다. 그리하여 그의 배가 해주에 이르렀을 때, 그는 해주 장에를 들어가서 무엇을 사려다가, 저편 맞은편 가가(假家)에 얼핏 그의 아우와 같은 사람이 있으므로 뛰어가서 보니, 그는 벌써 없어졌다. 배가 해주에는 오래 머물지 않으므로, 그는 마음은 해주에 남겨두고 또다시 바닷길을 떠났다.

그 뒤에 3년을 이리저리 돌아다녔어도 아우는 다시 볼 수가 없었다.

그리하여 3년을 지나서, 지금부터 6년 전에 그의 탄 배가 강화도를 지날 때에, 바다로 향한 가파로운 뫼 켠에서 바다로 향하여 날아오는 배따라기를 들었다. 그것도 어떤 구절과 곡조는 그의 아우 특식으로 변경된, 그의 아우가 아니면 부를 사람이 없는 그 배따라기이다.

배가 강화도에는 머물지 않아서 그저 지나갔으나, 인천서 열흘쯤 머물게 되었으므로, 그는 곧 내려서 강화도로 건너갔다. 거기서 여기저기 찾아다니다가 어떤 조그만 객줏집에서 물어보니, 이름도 그의 아우요 생긴 모양도 그의 아우인 사람이 묵어 있기는 하였으나, 사나흘 전에 도로 인천으로 갔다 한다. 그는 곧 돌아서서 인천으로 건너가서 찾아보았지만, 그 조그만 인천서도 그의 아우를 찾을 수가 없었다.

그 뒤에 눈 오고 비 오며 6년이 지났지만, 그는 다시 아우를 만나 보지 못하고 아우의 생사까지 알 수가 없었다.

말을 끝낸 그의 눈에는 저녁 해에 반사하여 몇 방울의 눈물이 반득인다.

나는 한참 있다가 겨우 물었다.

"노형의 제수는?"

"모르디요. 20년을 영유는 안 가봤으니깐요."

"노형은 이제 어디루 갈 테요?"

"것두 모르디요. 정처가 있나요? 바람 부는 대루 몰려댕기디요."

그는 한번 다시 나를 위하여 배따라기를 불렀다. 아아, 그 속에 잠겨 있는 삭이지 못할 뉘우침, 바다에 대한 애처로운 그리움.

노래를 끝낸 다음에 그는 일어서서 시뻘건 저녁 해를 잔뜩 등으로 받고 을밀대로 향하여 더벅더벅 걸어간다. 나는 그를 말릴 힘이 없어서, 눈이 멀거니 그의 등을 바라보고 있을 따름이었다.

그날 밤, 집에 돌아와서도 그 배따라기와 그의 숙명적 경험담이 귀에 쟁쟁 울리어서 한잠도 못 이루고, 이튿날 아침 깨어서 조반도 못 먹고 기자묘로 뛰어가서 또다시 그를 찾아보았다. 그가 어제 깔고 앉았던 풀은 모두 한편으로 누워서, 그가 다녀감은 기념하되 그는 그 근처에 보이지 않았다.

그러나…… 그러나 배따라기는 어디선가 쟁쟁히 울리어서 모든 소나무들을 떨리지 않고는 안 두겠다는 듯이 날아온다.

"모란봉이다. 모란봉에 있다."

하고 나는 한숨에 모란봉으로 뛰어갔다. 모란봉에는 사람이 하나도 없다. 부벽루에도 없다.

"을밀대다."

하고 나는 다시 을밀대로 갔다. 을밀대에서 부벽루를 연한, 지옥까지 연한 듯한 구렁텅이에 물 한 방울을 안 새이리라고 빽빽이 난 소나무의 그 모든 잎잎은 떨리는 배따라기를 읊고 있지만, 그는 여기도 있지 않다. 기자묘의, 하늘을 향하여 퍼져나간 그 모든 소나무의 천만의 잎잎도, 그 아래쪽 퍼진 천만의 풀들도, 모두 그 배따라기를

슬프게 부르고 있지만, 그는 이 조그만 모란봉 일대에서 찾을 수가 없었다.

강가에 나가서 알아보니, 그의 배는 오늘 새벽에 떠났다 한다.

그 뒤에 여름과 가을이 가고 1년이 지나서 다시 봄이 이르렀으되, 잠깐 평양을 다녀간 그는 그 숙명적 경험담과 슬픈 배따라기를 남겨둔 뿐, 다시 조그만 모란봉에 나타나지 않는다.

모란봉과 기자묘에 다시 봄이 이르러서, 작년에 그가 깔고 앉아서 부러졌던 풀들도 다시 곧게 대가 나서 자줏빛 꽃이 피려 하지만, 끝없는 뉘우침을 다만 한낱 배따라기로 하소연하는 그는, 이 조그만 모란봉과 기자묘에서 다시 볼 수가 없었다. 다만 그가 남기고 간 배따라기만 추억하는 듯이, 기념하는 듯이, 모든 잎잎이 속삭이고 있을 따름이다.

가가(假家) 조선시대에 조그마한 가게를 이르던 말.

가나안 '낮은 땅'이라는 뜻으로, 성서에 나오는 옛 나라의 이름. 팔레스타인 서쪽 해안 지역으로, 기원전 13세기경 이스라엘 민족이 이곳에 거주하던 가나안족을 물리치고 정착했다. 성서에 하느님이 이 땅을 아브라함과 그의 자손들에게 주겠다고 약속했다는 기록이 있다.

객줏집 예전에, 나그네들에게 술이나 음식을 팔고 숙박도 할 수 있던 장삿집.

고기 배때기에 장사해라 어복장사(魚腹葬事). 물고기 배 속에 지내는 장사라는 뜻으로, 물에 빠져 죽음을 비유적으로 이르는 말.

글이 있다 글을 배워서 알고 있다.

꿰다 뚫고 지나가다.

더품 '거품'의 옛말.

덴줏골 돈을 받고 몸을 파는 영업을 하는 집들이 모인 곳을 속되게 이르는 말.

동남동녀 남자아이와 여자아이를 아울러 이르는 말.

두룩거리다 크고 둥그런 눈알을 천천히 자꾸 굴리다.

맥없이 기운이 없이.

멧산자봇짐 보자기에 싸서 어깨에 메는 작은 짐. 뒤에서 보면 짐을 진 모습이 '뫼 산(山)'처럼 생겨서 이렇게 불렀음. '괴나리봇짐'이라고도 함.

모란봉 평양 북쪽에 있는, 높이 100미터가 채 되지 않는 작은 산.

무심중 아무런 생각이 없어 스스로 깨닫지 못하는 사이.

바람벽 방이나 건물의 벽을 이르는 말. '바람'은 '벽'의 옛말.

본곳 본고장. 어떤 활동이나 생산이 이루어지는 본디의 중심지.

분김 분한 마음이 왈칵 일어난 바람.

불문곡직하다 옳고 그름을 따지지 아니하다.

산천후토 일월성신 자연과 땅의 신, 해와 달과 별을 관장하는 신.

삼질 음력 3월 3일.

성화시키다 자꾸 몹시 귀찮게 굴어 속 타게 하다.

순전하다 순수하고 완전하다.

술시 십이시(十二時, 하루를 열둘로 나누어 십이지의 이름을 붙여 이르는 시간)의 열한 번째 시간. 오후 7시에서 9시까지.

심상히 큰일이 아니라 흔히 있는 일인 것처럼.

에미네 여편네. 아내.

연연하다 아름답고 어여쁘다.

유단 부드러운 비단.

유탕하다 음탕하게(난잡하게) 놀다.

을밀대 평안남도 평양 금수산 마루에 있는 대(臺)와 그 위에 있는 정자. 평양 시내를 내려다볼 수 있다.

인리제인(隣里諸人) 이웃 마을 모든 사람들.

적으나마 얼마간이라도. 어떻게든.

조선솔 소나무.

죄 남김없이 모조리. 몽땅.

천연히 아무렇지도 않은 듯이.

첫번 차례에서 맨 처음.

청류벽 모란봉 동쪽의 대동강 기슭에 있는 벼랑. 청류(맑은 물)가 감돌아 흐르는 벼랑이라 하여 붙여진 이름.

초승 음력으로 그달 초하루부터 처음 며칠 동안.

탁탁하다 촘촘하고 두껍다.

파리하다 몸이 마르고 낯빛이나 살색이 핏기가 전혀 없다.

파선 세찬 바람 또는 파도를 만나거나 암초 따위의 장애물에 부딪쳐 배가 파괴됨. 또는 그 배.

풀어음 '풀어움'으로 봄. '움'이 '풀이나 나무에 새로 돋아 나오는 싹'이므로, '어움'은 '어린 싹'으로 추정. 즉 '새로 돋아나는 어린 풀'을 가리키는 말로 보임.

해보다 대들어 맞겨루거나 싸우다.

해주 황해도 서남쪽에 있는 도시.

호천망극하다 어버이의 은혜가 넓고 큰 하늘과 같이 다함이 없다. 주로 부모의 제사에서 축문에 쓰이는 말이다.

혼혼히 정신이 가물가물하고 희미한 모양.

활동사진 '영화'의 옛 용어. '움직이는 사진'이라는 뜻으로, 무성(無聲) 영화와 같은 초기 영화를 오늘날의 영화에 상대하여 이르는 말로도 쓰인다.

깊게 읽기

묻고 답하며 읽는
〈배따라기〉

배경

인물·사건

작품

주제

1_ 낯선 시대를 엿보다

'삼월 삼짇'이 뭔가요?
'영유 배따라기'가 뭔가요?
'배따라기'는 어떤 내용인가요?
그때는 거울이 귀했나요?

2_ 인물의 마음을 읽다

형은 왜 동생에게 질투심을 느끼나요?
아내는 왜 그렇게 시동생에게 잘해주나요?
아내는 왜 바다에 빠져 죽었나요?
아우는 왜 집을 나갔나요?
'나'는 왜 진시황을 동경하나요?

3_ 숨은 뜻을 찾다

'나'의 이야기는 왜 필요한가요?
'쥐를 잡는 것'에 숨겨진 뜻이 있나요?
운명은 벗어날 수 없나요?

1

낯선 시대를 엿보다

'삼월 삼질'이 뭔가요?

이날은 삼월 삼질, 대동강에 첫 뱃놀이하는 날이다. 가맣게 내려다 보이는 물 위에는, 결결이 반짝이는 물결을 푸른 놀잇배들이 타고 넘으며, 거기서는 봄 향기에 취한 형형색색의 선율이 유단(柔緞)보다도 보드라운 봄 공기를 흔들면서 날아온다. 그리고 거기서 기생들의 노래와 함께 날아오는 조선 아악(雅樂)은 느리게, 길게, 유탕(遊蕩)하게, 부드럽게, 그리고 또 애처롭게, 모든 봄의 정다움과 끝까지 조화치 않고는 안 두겠다는 듯이, 대동강에 흐르는 시커먼 봄물, 청류벽에 돋아나는 푸른 풀어음, 심지어 사람의 가슴속에 봄에 뛰노는 불붙는 핏줄기까지라도 습기 많은 봄 공기를 당겨놓고, 떨리지 않고는 두지 않는다.

봄이다. 봄이 왔다.

삼월 삼질, 음력 3월 3일인 이날은 세시풍속 가운데 하나인 '답청절(踏靑節)'이기도 해요. '밟을 답(踏)'에 '푸를 청(靑)'으로, 이날 들판에 나가 꽃놀이를 하고 새로 돋아난 풀을 밟으며 봄을 즐긴다고 해서 붙여진 이름이에요. 또 강남으로 날아갔던 제비가 돌아오는 날이라고도 하네요. 어쨌든 긴 겨울이 지나고 다시 찾아온 봄을 만끽하며 먹고 즐기는 날이라 할 수 있습니다.

　소설 속 '나'도 답청절을 맞아 봄을 즐기러 나왔어요. '나'가 있던 곳에서는 이날이 대동강에서 첫 뱃놀이를 하는 날입니다. 대동강 변에는 수양버들이 많아 봄의 정취가 무척 뛰어났을 겁니다. 대동강 푸른 강물 위에 두둥실 떠 있는 배에 올라, 악공들의 연주에 따라 춤추고 노래하는 기생들과 더불어 한껏 봄을 즐겼던 것이지요.

대동강 뱃놀이는 사실 오래전부터 풍류의 대명사였어요. 19세기 〈평안감사향연도(平安監司饗宴圖)〉 중 〈월야선유도(月夜船遊圖)〉에는 평안감사가 밤에 대동강에서 뱃놀이하는 장면이 잘 묘사되어 있어요. 전기가 없던 시절, 칠흑 같은 밤에 대동강 주변의 성곽을 따라 대동문, 연광정, 부벽루, 을밀대 등에 횃불과 등불로 화려하게 불을 밝히고 벌인 한밤의 축제가 잘 표현되어 있지요. 얼마나 멋들어진 풍경이었을지, 생각만 해도 가슴이 설레지 않나요?

'영유 배따라기'가 뭔가요?

이때에 기자묘 근처에서 이상한 슬픈 소리가, 떨리면서 봄 공기를 진동시키며 날아오는 것을 들었다. 나는 무심중 귀를 기울였다. '영유 배따라기'다. 그것도 웬만한 광대나 기생은 발꿈치에도 미치지 못하리 만한 그만큼, 그 배따라기의 주인은 잘 부르는 사람이었다.

영유, 이름은 모르지만 ××산에 올라가서 내다보면 앞에는 망망한 황해이니, 거기 저녁때의 경치는 한번 본 사람은 영구히 잊을 수가 없으리라.

'영유'는 지역을 이르는 말로, 평양의 서쪽에 위치한 바닷가 인근을 가리켜요. 지금은 평안남도 평원군에 해당하는 지역이라고 합니다. 그리고 '배따라기'는 민요 이름이고요. 그러니까 '영유 배따라기'는 영유에서 불리던 '배따라기'를 말하는 것이겠지요. 영유가 황해(서해)와 맞닿은 곳이라 이 지역 사람들은 대체로 어업에 종사했는데, 그러다 보니 자연스럽게 어부의 삶과 애환이 담긴 '배따라기'를 많이 부르게 되었을 겁니다.

'배따라기'에 대한 기록은 조선 후기 박지원(1737-1805)의 《한북행정록(漢北行程錄)》에 처음 나타나요. "우리나라 악부에 이른바 '배타라기'란 곡이 있는데 …… 그 곡조가 처량하기 짝이 없다."라는 내용이 적혀 있습니다. 조선시대의 '배따라기'는 배가 떠날 때의 이별 모습을 그리고 있는데, 어부들의 고달픈 신세를 한탄하는 지금의 '배따라기'와는 내용이 전혀 달라요.

영유와 같은 바닷가 마을을 중심으로 불리던 '배따라기'는 어부라는 자신의 직업에 대한 신세를 한탄하는 내용이 주를 이루는데, 난파한 배에서 온갖 고생을 하며 고향에 돌아오는 과정이 슬프면서도 과장되게 그려져 있답니다. 그래서 그 소리가 매우 서글프고 애처롭게 들리는 것이지요.

'나'가 들려주는 이야기 속 형과 아우는 모두 영유 출신으로, 이 '배따라기'를 무척 잘 부르는 것으로 표현되어 있어요. 형이 부르는 '배따라기'의 내용과 정처 없이 동생을 찾아 떠도는 그의 처지가 묘하게도 겹쳐 보이지 않나요? 그래서 '나'가 듣기에 더 절절하게 느껴졌을 것 같네요.

'배따라기'는 어떤 내용인가요?

이 소설에 일부 실려 있는 '배따라기' 노랫말은 다음과 같아요.

> 비나이다, 비나이다. 산천후토 일월성신 하나님전 비나이다.
> 실낱같은 우리 목숨 살려달라 비나이다. (중략)
> 강변에 나왔다가 나를 보더니만 혼비백산하여
> 꿈인지 생시인지 생시인지 꿈인지
> 와르륵 달려들어 섬섬옥수로 붙잡고 호천망극하는 말이
> '하늘로부터 떨어지며 땅으로부터 솟아났나. 바람결에 묻어 오고
> 구름길에 싸여 왔나.'
> 이리 서로 붙들고 울음 울 제 인리제인이며 일가친척이 모두 모여
> (중략)
> 밥을 빌어서 죽을 쑬지라도 제발 덕분에 뱃놈 노릇은 하지 마라.
> 에-야 어그여지야.

이 노래는 도대체 무슨 뜻일까요? 원래 배따라기는 평안도 민요의 하나입니다. '배따라기'라는 이름은 '배떠나기'의 방언인 것으로 알려져 있는데, 조선시대 기록에는 '배타라기'라고 표기되어 있어요. 여기

서 '배타라기'는 '배따라기'의 한자식 표현이라고 하네요. 조선시대 배따라기 가사는 "닻 올리자 배 떠나니, 이제 가면 언제 올까. 만경창파에 가시듯 돌아오소."로, 지금과는 아예 다른 내용입니다.

　일반적인 평안도 민요인 배따라기는 뱃사람의 고달프고 덧없는 생활을 다루고 있는데, 소설 속의 배따라기에는 조금 다른 부분이 있어요.

　　비나이다, 비나이다. 산천후토 일월성신 하나님전 비나이다.
　　실낱같은 우리 목숨 살려달라 비나이다.

이 부분은 평안도 지방의 다리굿과 내용이 비슷합니다. 다리굿은 죽은 이를 극락으로 보내기 위한 내용으로 되어 있는데, 죽은 사람에 대한 위로와 산 사람의 삶에 대한 염원이 두드러집니다. 왜 뱃사람의 안녕을 염원하는 노래에 이런 굿의 내용이 들어간 걸까요?

이 소설에서 형은 뱃사람으로 살아가는 것에 대한 고달픔보다는 고향을 떠나 유랑하는 자신의 처지에 더욱 슬픔을 느끼고 있지 않았을까요? 게다가 다리굿은 죽은 이를 좋은 곳으로 보내기 위한 굿이니, 죽은 아내에 대한 죄책감과 아내가 극락으로 가길 바라는 마음을 함께 노래에 담아낸 것이 아닐까요?

형은 자신의 질투와 변덕 때문에 아내를 죽게 하고 아우를 떠돌게 한 죄책감 때문에, 자신 또한 사라진 아우를 찾아 떠돌아다니는 인물입니다. 아내는 자신의 억울한 마음을 풀 길이 없어 물에 빠져 죽었지요. 이 때문에 물은 남편에게 평생을 떠돌게 하는 주술적인 의미를 지니게 됩니다. 물에 빠져 죽은 아내가 아무런 죄가 없다는 것을 안 남편은 물에서 벗어나지 못하는 주술에 걸려든 것이지요. 아내가 죽고 나서 아우는 마을을 떠나 떠돌고, 형은 아내와 아우에게 사죄하는 마음으로 기나긴 씻김굿(죽은 이의 영혼을 깨끗이 씻어주어 이승에서 맺힌 원한을 풀고 극락왕생하기를 비는 굿)을 행하고 있는 것인지도 모르겠네요.

그때는 거울이 귀했나요?

거울은 마침 장에 마음에 맞는 것이 있었다. 지금 것과 대보면, 어떤 때는 코도 크게 보이고 입이 작게도 보이는 것이지만, 그 당시에는 그리고 그런 촌에서는 둘이 없는 귀물이었었다.

형은 아내의 부탁을 받고 장에서 예쁜 거울을 사 집으로 돌아와요. 원래 있던 거울보다 큰 거울이지요. 하지만 요즘 거울처럼 있는 그대로 선명하게 보이지는 않은 것 같아요. 그래도 '귀물'이었다고 하니, 구하기가 쉽지 않았나 봅니다.

그렇다면 우리나라에서 사용되었던 거울의 역사를 한번 살펴볼까요? 우리나라에서 가장 오래된 거울은 기원전 6세기경에 만들어진 청동거울입니다. 청동거울은 고조선부터 조선시대까지 계속 쓰였어요. 과거의 거울은 사람의 얼굴을 비춰 보는 용도뿐만 아니라 무당의 신기나 통치자의 권력을 상징하기도 했어요. 뒷면에 새겨진 무늬나 글씨 등으로 신기나 권력을 가늠할 수 있었다고 합니다. 고려시대의 거울은 '고려의 청동거울'이라는 뜻에서 '고려경'이라 불렸고 중국의 영향을 많이 받았습니다. 본격적으로 거울이 생산된 조선시대에는 기술이 크게 발달했어요. 청동거울의 크기가 커지고 두께가 얇아

졌으며, 관에서는 거울 제조 기술자인 경장(鏡匠)을 두어 거울을 만들었지요. 또 시전에서 거울을 판매한 기록도 있습니다.

그러던 것이 개항 이후 서구 문물이 유입되면서 양품(洋品)이 들어오고, 이는 사치품의 유행으로 이어졌어요. 지금도 우리가 흔히 말하는 양복, 양말, 양동이, 양배추, 양파 같은 말들이 모두 외국에서 들어온 물건에 붙인 이름입니다. 양주, 양담배 등도 마찬가지예요. 이런 것들이 들어오면서 사람들의 소비 성향에도 많은 영향을 미치게 됩니다. 이때 서양식 거울도 들어왔는데, 유리로 매끈하게 만든 얇은 서양식 거울은 무척 귀하고 사치스러운 물건이었답니다. 1890년대에 이런 물건들이 부유한 사람들을 중심으로 빠르게 퍼져나갔어요.

1920년대는 이런 서구의 문물이 더 대중화되면서 엄청난 인기를 끌기 시작해요. 얇고 세련된 거울은 여인이라면 누구나 하나쯤 가지고 싶어 했던 사치품이었지요. 그래서 소설 속 아내도 그런 거울을 가지고 싶어 한 것이랍니다.

1. 커피

1920년대에는 커피를 전문적으로 파는 다방이나 카페가 등장했고, 커피 문화는 1930년대 모던 걸·모던보이의 상징이 되었어요. 박태원의 〈소설가 구보 씨의 일일〉을 보면, '낙랑파라'라는 카페에서 커피를 마시고 10전을 지불해요. 10전이면 현재 가치로 대략 오륙천 원에 해당합니다. 요즘 커피값과 비슷하다고요? 당시 조선인 남자 노동자의 하루 평균 일당이 대개 60~80전이었던 것을 고려하면 커피가 꽤 비싼 음료였다는 걸 짐작할 수 있어요. 그럼에도 모던 걸과 모던보이는 커피를 마시며 그들만의 문화를 즐겼습니다. 커피는 그 자체로 서양 문화에 대한 동경의 표시였으며 상징이었던 것이지요.

2. 인공조미료 아지노모도

지금은 화학조미료(MSG)를 사용하는 것에 거부감을 느끼고 사용이 점차 줄어드는 추세이지만, 1920년대 즈음에는 이 조미료가 비싼 가격에도 불구하고 음식점은 물론 가정에서도 매우 인기가 있었어요. 신문에 대대적으로 광고를 하기도 하고, 맛을 내는 특별한 비법으로 소개되기도 했다니 재미있습니다.

아지노모도는 1909년 일본에서 만든 글루타민산을 넣은 조미료입니다. 글루타민산은 감칠맛을 내주는 조미료이지요. 한국에서는 1920년대 스즈키 상점에서 판매를 시작했습니다. 가격은 작은 병 하나에 당시 쌀 2되 값과 비슷한 40전으로 꽤 고가였지만, 냉면집 등 음식점에서 많이 사용했습니다. 냉장 시설이 부족하던 당시, 음식점에서 여름철에 고기 육수와 고기

를 조리하면 식중독의 위험이 컸기 때문에 고기 맛을 내는 아지노모도가 육수의 보완품으로 쓰였던 것입니다. 스즈키 상점은 1934년 97가지의

조선 요리에 아지노모도를 넣어 만드는 법을 담은 《사계의 조선 요리》라는 책을 펴내기도 했어요.

3. 우유

개항 이전에도 우유는 있었지만, 우유를 먹을 수 있는 계층은 주로 왕이나 왕족이었습니다. 근대 초 한국을 찾은 서양인들은 한국인이 우유를 먹지 않는 것을 특이하게 보았다고 해요. 한국에서 우유가 상품으로 소비되기 시작한 시기는 일제강점기로 볼 수 있어요. 이때부터 한국 땅에서 젖소를 수입하여 목장을 만들고 우유를 생산하였지만, 우유를 생산하는 사람도 주로 일본인이었고, 우유의 소비자도 한국에 사는 일본인들이었습니다. 이 시기 아직 냉장 시설이 거의 없어서 유통되는 우유는 전염병의 위험이 늘 있었기에 널리 대중화되지는 못했던 거예요. 일례로 1922년 평양에서 살던 일본인 등 우유를 먹던 사람들은 상한 우유로 인한 전염병으로 고생했다는 기사도 있었습니다. 그래서 우유를 대체해 부패 걱정없이 두고 먹을 수 있는 분유가 출시되기도 했습니다. 지금은 아기들이 모유를 대신해 먹는 것이 대부분이지만, 당시에는 홍차, 커피, 과자와 함께하는 이상적 조미료로 광고되었습니다.

4. 과자와 사탕

조선의 서양과자는 일본에서 받아들여 공장에서 대량 판매한 과자가 들어온 것이었죠. 대표적인 회사가 일본의 삼영제과(森永製菓) 즉 모리나가 제과였는데, 조선에 큰 공장을 세우고 대량생산을 하면서 신문에 광고도 많이 하였습니다. 밀크캐러멜, 밀크초콜릿, 비스킷 등을 모두 이 회사가 생산하였습니다. 이러한 사탕과 과자는 일본 어린이들도 상당히 좋아하였는데, 1925년 무렵 일본 어린이들이 좋아하는 과자를 조사했더니 밀크캐러멜을 좋아하는 아이가 제일 많고 그 외 초콜릿, 비스킷 등이 뒤를 이은데 반해 조선 아이들은 눈깔사탕을 가장 좋아할 것이라고 예상한다는 기사가 실리기도 했습니다. 이러한 신문 기사를 보면 밀크캐러멜이나 초콜릿, 비스킷이 평범한 조선 어린이들이 먹기에는 상당히 비싸고 귀한 것이었음을 알 수 있습니다.

2

인물의 마음을 읽다

형은 왜 동생에게 질투심을 느끼나요?

그의 아우는 촌사람에게는 다시없도록 늠름한 위엄이 있었고, 만날 바닷바람을 쏘였지만 얼굴이 희었다. 이것만도 시기가 된다 하면 되지만, 특별히 아내가 그의 아우에게 친절히 하는 데 이르러서는, 그는 억울하도록 시기를 하였다.

질투는 인간이 사랑하는 과정에서 빈번하게 일어나는 감정이에요. 주로 사랑하는 상대가 자기 이외의 인물에 애정을 표할 때 생기지요. 이러한 질투는 여러분이 어렸을 때부터 만화나 애니메이션으로 많이 접했을 그리스신화에도 자주 등장합니다. 대표적으로 그리스 최고 신 제우스의 아내인 헤라의 질투를 들 수 있어요. 한 가지 일화를 살펴볼까요?

제우스는 강의 신 이나코스의 딸 이오를 유혹하여 바람을 피웁니다. 그러다 헤라에게 들킬 상황이 되자 이오를 암소로 변하게 하지요. 그러나 이미 암소가 이오임을 눈치챈 헤라는 그 암소를 선물로 달라고 요구해요. 제우스는 의심받지 않으려고 헤라에게 암소를 주지요. 이후 헤라는 100개의 눈을 가진 거인 아르고스에게 암소를 감시하도록 합니다. 하지만 제우스는 헤르메스를 통해 거인을 해치우고 이오를 구해요. 이에 헤라는 무지개를 보내 이오를 쫓기도 하고, 쇠파리를 통해 괴롭히기도 하지요. 우여곡절 끝에 이오는 결국 이집트에 도착하고 제우스를 만나 원래 모습을 되찾게 됩니다.

이처럼 질투라는 감정은 고대부터 이어온 인류의 보편적인 감정이에요. 그리고 이 질투에서 시작되어 인물 사이에 갈등이 생기고, 이오의 여정에서처럼 다양한 사건들이 일어나게 됩니다. 이러한 질투에 따른 갈등과 사건은 신화뿐만 아니라 소설 속에도 등장해요.

〈배따라기〉에서도 형이 아내와 동생의 관계를 오해하면서 질투심을 느낍니다. 그렇다면 작가는 이 질투라는 감정이 자연스럽게 나타나도록 하기 위해서 어떠한 방법을 썼을까요?

작가는 작품 속 인물들의 성격 설정을 통해 자연스럽게 이야기가 전개되도록 합니다. 형은 아내를 무척 사랑하고 예뻐하지만, 지나친 과격함과 폭력성을 지닌 인물입니다. 아우는 형과 달리 바닷사람답지 않은 '위엄'과 '하얀 얼굴'을 지니고 있지요. 아내는 촌사람답지 않게 예쁘게 생긴 데다 모든 사람에게 친절한 성격을 가지고 있어요. 이러한 친절함은 아우에게도 동일하게 혹은 그 이상의 수준으로 발현됩니다. 아우가 고을에 첩을 두었다는 소문이 퍼지자 아내는 이상하리만큼 화를 내며 아우에게 그러지 말 것을 강력하게 요구하는데, 이는 형을 더없이 불쾌하게 했을 겁니다. 그러면서 자연스럽게 질투심이 생길 수밖에 없었겠지요. 이러한 질투심은 아내에 대한 폭력, 그리고 결국 쥐 잡기로 인한 오해에서 비롯된 아내의 죽음으로 이어지는 데 결정적인 원인이 됩니다.

더하여 의도적으로 창조된 작품 속 인물들의 성격과 모습은 독자

들에게 형이 아내를 질투하는 것에 대한 필연성과 개연성을 부여해요. 그래서 독자들은 형이 충분히 질투할 만하고 오해할 만하다는 느낌을 받게 되며, 이로 인한 일련의 사건들이 벌어질 만하다는 신뢰성을 갖게 됩니다.

이처럼 우리가 일상에서 갖는 사랑, 믿음, 슬픔, 질투 등 다양한 감정들은 소설 속 사건을 일으키는 중요한 원인이 될 수 있어요. 따라서 인물들의 감정과 인물 간의 관계에 집중하며 작품을 읽다 보면, 작품 속 사건들에 대해 더 잘 이해할 수 있게 된답니다.

또 다른
질투 이야기

〈배따라기〉와 같이 질투 때문에 비극이 벌어지는 김 동인의 또 다른 작품이 있습니다. 바로 1925년에 발 표된 단편소설 〈감자〉이지요.

주인공인 복녀는 가난했지만 정직한 농가의 딸이었 습니다. 그녀는 20년이나 연상인 동네 홀아비에게 돈 에 팔려 결혼했는데, 남편은 무능하고 게으른 사람이 어서 결국 칠성문 밖 빈민굴로 쫓겨나 살게 돼요. 그러던 중 복녀는 관청의 빈민 구제사업을 통해 솔밭의 송충이를 없애는 일을 자원하게 됩니다. 그러다 이곳의 감독에게 호감을 사고, 다른 여자 인부들처럼 몸을 팔고 품삯을 더 많이 받게 되지요. 시간이 흘러 송충이잡이는 끝났지만, 한번 도덕성을 저버린 복녀의 이러 한 행위는 이후로도 계속되었어요. 어느 날 밤, 복녀는 중국인 왕 서방의 고구마 밭에서 고구마 서리를 하다 들켜 그 대가로 또 몸을 팔게 됩니다. 이후 복녀는 왕 서방에게 수시로 몸을 팔게 되는데, 왕 서방이 처녀를 마누라로 사 오자 끓 어오르는 질투심을 품게 됩니다. 이에 복녀는 낫을 들고 신혼방에 뛰어들었으나 도리어 왕 서방의 손에 죽고 말지요. 사흘 뒤 복녀의 시체는 왕 서방과 남편, 그 리고 한방의사의 흥정에 의해 아무 일 없던 것처럼 공동묘지에 묻히며 끝이 납 니다.

〈감자〉는 복녀를 통해, 바르게 자란 인간이 가난하고 고달픈 환경에 처하면 어디 까지 타락할 수 있는지를 사실적으로 표현하고 있습니다. 그리고 우리는 이 작 품에서 질투의 두 가지 양상을 찾아볼 수 있습니다. 바로 '복녀의 질투'와 '질투 의 부재'입니다.

먼저 '복녀의 질투'로 벌어지는 사건은 이렇습니다. 왕 서방이 처녀 마누라를 들 인다는 소문이 퍼지면서 다들 복녀가 '강짜'를 할 것이라 합니다. '강짜'는 상대하 고 있는 이성이 다른 이성을 좋아하는 것을 지나치게 시기하는 일을 말해요. 곧 '질투'를 말하는 것이지요. 복녀는 자신이 강짜하고 있음을 부인했지만, 시간이 지날수록 피어오르는 질투심은 어쩔 수 없었습니다. 결국 낫을 들고 왕 서방을 찾아갔다 죽게 되는 비극의 원인이 되지요.

그렇다면 '복녀의 질투'의 근본적인 원인은 무엇일까요? 바로 '상실감'에 있습니 다. 복녀에게 왕 서방은 어떤 존재였을까요? 왕 서방은 복녀의 경제적 버팀목이

자 성적·사회적 욕구를 충족시켜 주는 존재였습니다. 무능하고 게으른 남편에 비하면 왕 서방은 '능력 있는 존재'라고 할 수 있습니다. 그러므로 이러한 왕 서방이라는 존재에 대한 상실은 복녀 자신이 누리고 있는 지금의 모든 것을 상실하는 것과 같았을 겁니다. 그래서 이러한 상실감이 '복녀의 질투'를 불러온 것이었지요.

다음은 '질투의 부재'입니다. 소설에는 분명히 질투를 해야 할 상황인데도 질투를 하지 않는 부분이 드러나는데, 이 또한 사건의 전개에 큰 영향을 미칩니다. 복녀의 남편은 아내의 화대를 앞에 두고 기뻐하기도 하고, 왕 서방이 아내와 관계를 맺을 수 있도록 일부러 자리를 피해주기도 합니다. 또 아내를 죽인 왕 서방과 아내의 죽음을 두고 거래를 하기도 하지요. 그리고 아내가 왕 서방과 공식적인 관계가 형성되었는데도 아무런 질투심을 보이지 않습니다. 이러한 '질투의 부재' 때문에 아내는 왕 서방과 자유롭게 만날 수 있었고, 그 결과 왕 서방에 대한 질투로까지 이어지게 된 것이지요.

그럼 왜 복녀의 남편은 질투하지 않았던 것일까요? 이는 바로 복녀의 남편이 복녀를 아끼고 좋아하는 대상으로 생각하지 않기 때문입니다. 복녀의 남편은 복녀가 거리에 나서 몸을 파는 것에 기대어 살고 있었습니다. 진정 복녀를 사랑하고 중요시했다면 절대 이를 허락하지 않았을 테지요. 질투심은 자신이 좋아하는 대상을 누군가가 가지려 할 때 생기는 감정입니다. 그러니까 남편은 복녀를 진정으로 좋아하지 않았던 것이지요. 이는 어쩌면 가난한 환경 때문에 갖게 된 극도의 게으름과 무기력 때문이었을 수도 있습니다.

아내는 왜 그렇게 시동생에게 잘해주나요?

그에게는 한 버릇이 있어서, 맛있는 음식은 남겨두었다가 좀 이따 먹고 하는 것을 예사로 하였다. 그의 아내도 이 버릇은 잘 알 터인데, 그의 아우가 점심때쯤 오니까 아까 그가 아껴서 남겨두었던 그 음식을 아우에게 주려 하였다. 그는 눈을 부릅뜨고 '못 주리라'고 암호를 하였지만, 아내는 그것을 보았는지 못 보았는지 그의 아우에게 주어버렸다. 그는 마음속이 자못 편치 못하였다.

소설 속 인물은 나름의 존재 이유가 있습니다. 작가가 어떤 의도를 가지고 창조해 낸 인물이니까요. 그렇다면 김동인은 '왜' 아내가 시동생을 유난하게 여기는 인물로 그렸는지 함께 살펴볼까요?

아내는 형의 평소 습관을 알면서도 남편이 아껴 남겨두었던 음식을 아우에게 줘버려요. 게다가 아우가 숨겨둔 첩을 만나러 고을에 갈까 봐 이를 애써 말리려 하기도 합니다. 이러한 행동을 그냥 가족을 위하는 마음 때문이라고 하기에는 김동인이 소설 속에 뿌려놓은 장치들이 너무 수상합니다. 물론 부모 없이 성장한 형제이며 형이 가장인 집안에서 큰며느리로서 가정의 중심을 잡아야겠다는 생각을 했는지도 모릅니다. 그래서 시동생을 살뜰히 챙기면서도, 동시에 그의 도덕적 해이를 바로잡고자 했을 수도 있어요. 하지만 앞서 말한 '수상한 장치'를 자세히 살펴보면 생각이 달라질 수도 있을 것 같습니다.

> 그의 아내는 시기를 받을 일을 많이 하였다. 품행이 나쁘다는 것이 아니라, 그의 아내는 대단히 쾌활한 성질로서 아무에게나 말 잘하고 애교를 잘 부렸다. (중략)
>
> 그 아우에게 그렇게 구는 데는 이유가 있었다. 그의 아우는 촌사람에게는 다시없도록 늠름한 위엄이 있었고, 만날 바닷바람을 쏘였지만 얼굴이 희었다. 이것만도 시기가 된다 하면 되지만, 특별히 아내가 그의 아우에게 친절히 하는 데 이르러서는, 그는 억울하도록 시기를 하였다. (중략)
>
> 그는 아내의 돌아옴을 기다리고 있었다. 어두워져서도 그는 불도 안 켜고, 성이 나서 우들우들 떨면서 아내의 돌아오기를 기다렸다. 그러나 그의 아내의 참 기쁜 듯이 웃는 소리가 그의 아우의 집에서 밤새도록 울려왔다.

이처럼 작가는 독자들이 아내에 대해서 오해할 수 있는 서술을 여러 부분에 깔아놓았어요. 이를 바탕으로 아내의 특징을 요약해 보면, 아무에게나 애교를 잘 부리는 성격인데 제법 잘생긴 아우에게는 특히 잘해주며, 아우와 매우 가깝게 지냅니다. 이러한 모습이 전통적인 여성상과는 다르기 때문에 독자들은 무언가 사건이 일어날 원인이 될 것만 같은 조마조마함을 느끼게 되지요. 작가는 애초에 아내라는 인물을 구상할 때부터 이러한 갈등의 씨앗을 염두에 두었을 겁니다. 결국 아내는 아우와 불

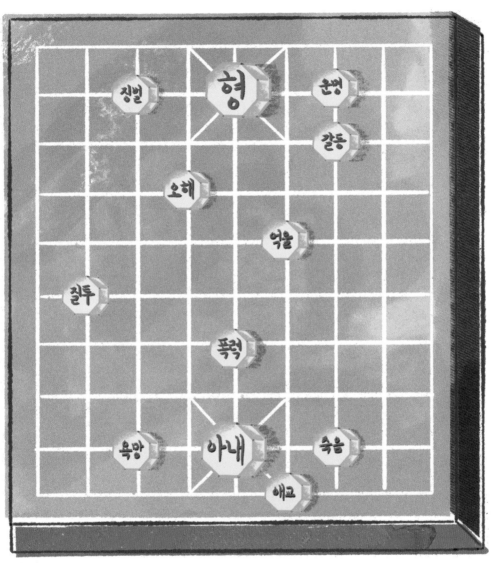

미스러운 일을 저질렀다는 의심을 받게 되니까요. 그리고 아내는 억울함을 끝까지 주장하기보다 스스로 목숨을 끊는 길을 택합니다. 이는 그의 남편이 바다를 떠돌게 하는 일종의 징벌로 작용하게 되지요.

이러한 작가의 의도된 전개를 본다면, 아내가 아우에게 잘해주는 것은 단순히 큰며느리로서의 사명감 때문이라고 보기는 힘들어요. 즉 아내는 '특별한 의도'가 있는 인물이므로 아우에게 잘해줬을 가능성이 큽니다. 다른 말로는 '욕망'이라고도 볼 수 있는데, 이 '특별한 의도'는 아내가 아우의 첩까지 신경 쓰는 등 지속적으로 아우에게 잘해주는 이유를 설명하는 하나의 개연성으로 작용합니다. 이것이 남편과의 갈등을 극도로 심화시키는 결정적인 장치가 되는 것이지요.

김동인 소설 속 여성 인물들

우리가 흔히 고전소설에서 만나는 여성 인물들은 대부분 꿋꿋하게 어려움을 이겨내고 집안을 지키는 현명한 아내의 역할로 등장합니다. 그러나 김동인의 작품 속에 등장하는 여성들은 이러한 전통적 여성상에서 꽤 벗어나 있지요. 한번 살펴볼까요?

먼저, 앞서 다루었듯이 〈배따라기〉 속 아내는 누구에게나 애교를 잘 부리고 시동생과 가깝게 지내며 질투까지 하는 듯한 모습을 보여요. 마치 다른 의도가 있는 것처럼 행동하는 모습이 정숙한 여성상과는 거리가 있어 보이지요.

김동인의 정숙하지 못한 여성 인물 만들기는 〈감자〉의 복녀에서 뚜렷하게 드러나요. 복녀는 가난하지만 비교적 가정교육에 힘쓴 집안에서 자랐음에도 불구하고, 빈민굴이라는 어려운 환경을 맞닥뜨리면서 도덕적 경계가 허물어져 결국 몸을 팔게 됩니다. 또 〈광화사〉의 소경 처녀는 눈을 뜰 수 있다는 희망으로 솔거를 따라가고, 솔거와의 관계를 경험하게 되자 본연의 아름다움을 잃은 것으로 표현되지요. 즉 김동인은 자신의 작품 속에서 여성들이 어떤 '욕망'을 위해 움직이는 것처럼 그리고 있는 것입니다.

하나 더 주목할 점은 이렇게 김동인이 만들어낸 여성들이 하나같이 모두 죽음을 맞게 된다는 것입니다. 〈배따라기〉의 아내는 스스로 목숨을 끊고, 〈감자〉의 복녀는 왕 서방에게 죽임을 당하지요. 〈광화사〉의 소경 처녀는 솔거에게 살해당합니다. 이 또한 김동인이 의도한 것으로 볼 수 있어요. 즉 김동인은 이러한 욕망을 가진 여성들이 기구한 죽음을 맞는 결말을 보여줌으로써 부정한 여성의 비참한 말로를 강조하려 했을지도 모릅니다. 하지만 오늘날의 관점으로 본다면, 이는 김동인이 가지고 있었던 남성 중심의 문학관이 반영된 것이라고도 말할 수 있습니다. 현실적 욕망을 가진 여성은 사회에 허용될 수 없다는 생각 말이지요.

물론 그때와 지금은 사회적 인식이 많이 달라졌습니다. 그때는 여성에 대한 인권 의식이 부족할 때였으니까요. 그러므로 우리는 특정 시대의 작품을 읽을 때 당대의 현실 인식 및 작가가 가졌던 생각을 현대의 현실 인식 및 자신의 관점과 비교해 볼 필요가 있습니다. 이를 통해 우리는 시대와 작가를 이해하고, 또 가치를 평가하는 눈도 갖출 수 있을 테니까요.

아내는 왜 바다에 빠져 죽었나요?

아우의 집에도 없었다. 동리를 모두 찾아보아도, 본 사람도 없다 한다.

그리하여 낮쯤 한 삼사 리 내려가서 바닷가에서 겨우 아내를 찾기는 찾았지만, 그 아내는 이전과 같은 생기로 찬 산 아내가 아니요, 몸은 물에 불어서 곱이나 크게 되고, 이전에 늘 웃음을 흘리던 예쁜 입에는 더품을 잔뜩 물은 죽은 아내이다.

선생님 자, 이제부터 우리는 〈배따라기〉 속 인물들의 진짜 속마음을 헤아려 보는 시간을 가질 겁니다. 이를 통해 우리는 인물의 내면을 좀 더 깊게 들여다볼 수 있을 거예요. 우리가 이야기해 볼 주제는 '아내는 왜 바다에 빠져 죽었나요?'입니다. 각자 생각해 본 바를 자유롭게 이야기해 보세요.

승현 바닷가 마을이니까 제일 편한 곳이 바다였을 것 같아요. 우선 속상한 마음을 달래려고 바다로 갔을 거예요. 하지만 나아지지 않았겠지요. 게다가 남편의 오해를 풀 길이 없다는 생각까지 들자 결국 극단적인 선택을 한 것이라 생각해요. 위로를 받으려고 갔던 곳이 결국 상실의 공간이 된 거죠.

연수 저도 같은 생각이에요. 그래서 '그' 역시 아내가 죽은 그 바다를 떠도는 뱃사람이 됐을 거예요. '그'가 아우와 아내에 대한 미안함을 씻고 사죄하는 공간도 바다잖아요? 그러니까 〈배따라기〉의 인물들에게 바다는 묵은 감정을 흘려보낼 수 있는 공간이었을 것 같아요.

유진 저는 소설의 전개를 위해 꼭 필요한 장치라고 생각했어요. 이 소설의 배경과 아내가 처한 상황을 생각해 보면, '바다'라는 공간에서 스스로 생을 마감하는 장면이 가장 극적일 것 같았거든요. 그래서 저는 '그'의 아내가 바다로 갔다가 시신으로 돌아오는 전개가 자연스럽게 느껴졌어요.

재윤 저도 유진이처럼 소설의 전체 배경을 생각해 보았어요. 사건이 펼쳐지는 바닷가 마을에서 가장 흔하게 일어나는 상황은 바다에서 누군가 목숨을 잃는 것이라고 생각해요. 집에 남편이 있으니, 도망칠 수 있는 제일 편한 곳은 바다였을 테죠. 그곳에서 아내는 마음을 삭이려 했을 거고, 더 나아가 어쩌면 남편이 찾아오길 기다렸을지도 모르겠네요. 그렇게 생각하니 아내의 선택이 더욱 마음 아프게 느껴져요.

선생님 여러분의 균형 잡힌 시각과 특히 인물의 행동을 설명하기 위해 전체를 아우르는 안목을 볼 수 있었습니다. 다음으로 다뤄볼 질문은 '아우는 왜 자기 아내를 남겨두고 돌아오지 않았을까요?'입니다. 한번 이야기해 볼까요?

승현 형수와 쥐를 잡았다고는 했지만, 사실 둘 사이에 정말 아무 일도 없었는지는 모르겠어요. 형수와 아우 사이에 정말 무언가 있었다면, 아우는 형과 자신의 아내를 볼 면목이 없어 집을 나갔고, 돌아오지 않은 게 아니라 못한 게 아닐까요?

 연수 저도 그 부분은 개인적으로 무척 궁금해요. 아우 또한 자신의 가족이 있는데 말이지요. 그냥 단순히 아우가 집을 나가고, 형이 아우를 찾아 바다를 떠돌며 살아가는 설정을 위해 남겨진 아내의 입장은 작가가 따로 염두에 두지 않은 것은 아닐까요?

 재윤 저는 형의 가족과 관련된 사건들로 아우가 가진 가정에 대한 신뢰와 기대가 무너진 것 같아요. 그것이 아우 본인의 가족관계에도 영향을 주었을 거로 생각해요. 만약 실제로 형수와 바람을 피웠다면 죄책감이 너무 커서 자기 아내와 같이 살 면목도 없었을 거고요.

 **선생님** 이렇게 작품 속 인물에 관한 대화를 나누니 그 인물을 더욱 다양한 각도에서 바라보게 되지요? 다른 문학 작품들을 감상할 때도 이렇게 인물에 대해 여러 관점에서 바라보는 습관을 가지면 좋을 것 같아요. 이를 통해 문학을 더욱 풍요롭게 즐길 수 있으니까요. 아울러 앞으로도 친구들과 문학을 감상하고 이야기를 나누는 과정을 통해 한층 더 깊게 생각할 기회를 가진다면, 지금보다 더 성숙한 독자가 될 수 있을 겁니다.

아우는 왜 집을 나갔나요?

장사를 지낸 이튿날부터 아우는 그 조그만 마을에서 없어졌다. 하루 이틀은 심상히 지냈지만, 닷새 엿새가 지나도 아우는 돌아오지 않았다. 그래서 알아보니까, 꼭 그의 아우와 같이 생긴 사람이 오륙일 전에 멧산자봇짐을 하여 진 뒤에 시뻘건 저녁 해를 등으로 받고 더벅더벅 동편으로 가더라 한다. 그리하여 열흘이 지나고 스무날이 지났지만, 한번 떠난 그의 아우는 돌아올 길이 없고, 혼자 남은 아우의 아내는 만날 한숨으로 세월을 보내게 되었다.

선생님 저번 시간에 이어, 이번에도 여러분들과 〈배따라기〉의 내용을 바탕으로 함께 이야기를 나눠볼 거예요. 주제는 '아우는 왜 집을 나갔을까?'입니다. 한번 생각해 보고 자신의 의견을 말해볼까요?

승현 선생님, 제가 먼저 말해볼게요. 저는 아우가 집을 나갈 때에 형에 대해 증오심과 미안함이라는 두 가지 감정을 동시에 가지고 있었다고 생각해요. 첫 번째로 매번 폭력

으로 형수와 자신을 대하는 형의 모습에 질려가고 있던 차에 형수가 결국 죽어버렸으니, 형이 절대 개선되지 않을 것이라고 결론을 내렸을 것 같아요. 또 한편으론 자신이 형수가 걱정해야 할 정도로 처신을 잘못하는 바람에 형수와 형의 갈등을 불러왔고, 결국 형수와 자신이 오해받을 상황을 스스로 만들었다고 여겼을 거예요. 그렇다면 형수의 죽음과 형의 가정파탄에 자신의 책임이 아주 크다고 생각했겠지요. 게다가 정말 형수와 쥐를 잡은 것이 아니라 불미스러운 일이 있었다면 더 큰 죄책감을 느꼈을 것 같아요.

연수 나중에 아우가 형에게 말한 걸 생각해 보면, 아우는 이 모든 게 결국 운명이라고 생각한 것 같아요. 형수는 죽고, 자기 혼자 결백을 주장하며 형과 갈등을 빚어야 하는 상황을 피하고 싶었던 거죠. 그래서 평생을 떠돌아다닐 수밖에 없지만, 이것 또한 형과 자신의 어쩔 수 없는 운명이라 생각하고 체념해 버린 것 같아요.

숙명이야...

유진 아우는 형이 그토록 사랑하고, 평소에 자신도 살갑게 잘 챙겨주었던 형수가 억울하게 세상을 떠났다는 사실에 큰 책임을 느꼈을 거예요. 그 죄책감이 무척 견디기 어려웠을 것 같아요. 또 아우 또한 형수를 가족의 일원으로 생각했기에 가족의 죽음에 대한 상실감과 아픔이 컸을 거예요. 그리고 형수를 죽음까지 몰아세운 형에 대한 증오도 있었을 거고요.

재윤 저는 두 가지 경우를 생각해 보았어요. 먼저 아우가 형수와 바람을 피우지 않았다는 것을 가정했을 때, 형에 대한 분노와 형수에 대한 안타까움, 그리고 자책감으로 무척 힘들었을 것 같아요. 그리고 믿음이 깨진 관계를 더 유지할 수 없을 거라고 생각했을 거예요. 한편  으로 아우가 형수와 실제로 선을 넘은 관계였다면, 형의 가정을 망가 뜨린 데 대한 미안함과 죄책감을 가지는 한편 형수를 죽음으로까지 내몬 형에 대한 분노로 자신의 가정과 일상적인 생활을 더 이상 유지할 수 없었을 것 같아요.

선생님 여러 가지 의견이 나왔네요. 여러분 의견을 종합하면, 아우가 집을 나간 이유는 죄책감과 분노, 운명론적 체념으로 정리할 수 있을 것 같군요. 이야기하다 보니, 여러분과 함께 〈배따라기〉의 뒷이야기를 만들어봐도 재미있을 것 같다는 생각이 드네요.

'나'는 왜 진시황을 동경하나요?

나는 이러한 아름다운 봄 경치에 이렇게 마음껏 봄의 속삭임을 들을 때는 언제든 유토피아를 생각지 않을 수 없다. 우리가 시시각각으로 애를 쓰며 수고하는 것은, 그 목적은 무엇인가? 역시 유토피아 건설에 있지 않을까? 유토피아를 생각할 때는 언제든 그 '위대한 인격의 소유자'며 '사람의 위대함을 끝까지 즐긴' 진나라 시황을 생각지 않을 수 없다.

'나'는 봄 경치를 보며 인간이 애를 쓰며 살아가는 목적은 유토피아 건설에 있다고 생각합니다. 그러면서 과거 유토피아 건설을 꿈꾸었던 진시황을 떠올리지요. 왜 '나'는 봄의 아름다움을 즐기는 와중에 하필 이런 생각을 떠올렸을까요?

이 질문에 답하려면, 먼저 김동인의 문학관에 대해 짚어볼 필요가 있어요. 순수문학 운동을 전개한 김동인은 문학에서 아름다움, 즉 '미(美)'를 최우선으로 고려하는 '유미주의'를 지향했습니다. 유미주의는 넓은 의미에서 '아름다움이라는 특성을 누리고 만들어내는 데 최고의 가치를 두는 인생관이나 세계관'을 말합니다. 현실보다는 공상을 중시하고, 미를 진(眞)과 선(善) 위에 두며, 때로는 악(惡)에서까지 미를 발견하는 점이 특징이지요. 김동인은 〈광화사〉, 〈광염 소나타〉 등 여러 작품에서 아름다움에 대한 지향을 드러냅니다. 또 〈배따라기〉에서도 '나'를 예술적 아름다움이 인생의 궁극적 목적인 사람으로 표현했지요. 이는 유토피아, 즉 '세상 어디에도 없지만 세상에서 꿈꿀 수 있는 가장 이상적인 곳'을 건설하는 것이 인간의 목적이라는 '나'의 생각을 통해 드러납니다.

진시황은 중국 역사상 최초로 통일국가를 이룩한 인물로, 만리장성을 쌓고 아방궁을 짓는 등의 대공사를 연달아 일으켰어요. 이 과정에서 필요한 인력과 재정을 마련하기 위해 과도한 세금과 엄격한 법으로 백성들을 고통스럽게 하기도 했지요. 또 영원한 삶을 살게 해준다는 불로초를 얻기 위해 온갖 노력을 기울였고, 살아생전에 누리던 영화를 죽은 뒤에도 누리고 싶은 마음에 화려하고 장엄한 진시황릉을 만들기도 했습니다.

'나'는 이러한 진시황을 '위대한 인격의 소유자'이며 '사람의 위대함을 끝까지 즐겼다'고 평가합니다. 또 '참삶의 향락자'이며 '역사 이후의 제일 큰 위인'이라고도 했지요. 백성들이 겪어야 했던 고통은 아랑곳하지 않고 신의 영역인 삶과 죽음을 정복하고자 했던 인간, 인간의 욕망을 극단적으로 발현한 인간, 인간으로서 신이 되고자 했던 진시황은 유토피아를 꿈꾸며 미학적 삶을 추구했던 '나'가 보기에 더없이 이상적인 인물로 보였을 거예요.

한 가지 더 짚어본다면, 아름다움을 동경하던 '나'처럼 김동인의 다른 작품인 〈광화사〉에도 '여(余)'가 등장합니다. '여'는 1인칭 서술자를 가리키는데요. 〈광화사〉에서 '여'는 '솔거'라는 인물을 중심으로 하는 가상의 이야기를 구상하게 됩니다. 이 내부 이야기에서 '솔거'라는 인물은 세상에서 가장 아름다운 미인도를 그리기 위해 광적인 집착을 드러내요. 심지어 그는 자신이 추구하는 궁극적 아름다움을 성취하지 못하게 되자 그림의 대상이 된 소경 처녀를 죽이기까지 하지요. 이러한 절대미에 대한 추구는 '유미주의'를 지향했던 김동인의 문학관이 반영된 결과라고 볼 수 있습니다.

토머스 모어의 《유토피아》

'유토피아'는 현실적으로 아무 곳에도 존재하지 않는 이상의 나라, 곧 이상향을 가리키는 말입니다. 영국의 인문주의자 토머스 모어(Thomas More)가 그리스어의 '없는(ou-)', '장소(toppos)'라는 말을 결합해 만든 말이지요.

토머스 모어는 1516년에 총 2권으로 이루어진 《유토피아(Utopia)》라는 책을 쓰는데, 2권에 유토피아 섬에 대한 이야기가 나옵니다. 유토피아 사회는 평등이 원칙이며, 지배자와 피지배자 관계가 없습니다. 공직자는 선거로 선출하며 공동의 창고에 있는 재화를 모두가 공유하기 때문에 빈부도 존재하지 않지요.

이는 '공유제 사회'의 모습과 비슷합니다. 공유제는 공동으로 재산을 소유하는 제도를 일컫는 말인데, 장점도 있지만 단점도 명확합니다. 바로 인간이 자발적으로 일하고자 하는 의욕을 떨어뜨리고 게으름을 피우게 만든다는 것입니다. 또 권위가 존재하지 않기 때문에 규칙을 따르지 않아 무질서한 사회가 될 가능성이 높아요. 토머스 모어는 이러한 문제점을 보완하기 위해 능력에 따라 학자가 될 수 있도록 하고, 의무적으로 노동에 임하는 제도를 제안합니다. 그리고 권위의 상실과 무질서를 막기 위해 가족 제도를 도입하는 등의 대안도 제시하지요.

토머스 모어가 볼 때, 인간은 각자의 쾌락을 추구하는 과정에서 남을 해할 염려가 높은 존재였습니다. 그러므로 평등의 원리가 뒷받침하는 공유제 사회를 통해 '다 같이 즐거움을 느끼고 누릴 수 있는 곳'을 궁극적인 목표로 삼았던 것이지요.

그의 생각은 후대에 다양한 해석과 함께, 여러 체제와 국가 건설의 원형이 되기도 했습니다. 하지만 모두가 인정하는 유토피아는 아직 만들어지지 않았지요. 우리가 유토피아를 찾을 수 없는 이유는 인간이 유토피아를 만들려 노력하면서 문명이 발달하고, 의식적으로도 더 성숙해지기 때문이 아닐까요? 다시 말해, 이상향의 기준이 높아지면서 끊임없이 거기에 도달하려 애쓰는 것이겠지요. 그래서 '나'가 말했듯 인간은 계속 유토피아를 추구해야 하는 걸지도 모르겠습니다.

3

숨은 뜻을 찾다

'나'의 이야기는 왜 필요한가요?

연수 선생님, 〈배따라기〉는 액자소설이라는데, 그게 무슨 뜻인가요?

선생님 〈배따라기〉는 다음과 같은 순서로 이야기가 전개돼요.

'나'가 '영유 배따라기'를 듣고 '그'를 만남

↓

'그'가 아내와 아우의 사이를 의심해 아내는 죽고,
고향을 떠난 아우를 찾아 떠돌아다니게 됨

↓

'나'가 '그'와 헤어진 후 다시 만나지 못함

선생님 위에서 처음과 마지막 이야기를 외부 이야기, 가운데 이야기를 내부 이야기라고 하는데, 외부 이야기가 내부 이야기를 감싼 모습이 마치 그림이 액자에 담긴 것과 비슷하지 않나요? 이렇게 이야기 속에 하나 이상의 내부 이야기가 들어 있는 구성의 소설을 액자소설이라고 한답니다. 자, 그러면 액자소설에서 핵심 내용은 외부 이야기일까요, 내부 이야기일까요?

연수 음…… 내부 이야기요. 그러면 내부 이야기만 있어도 되는 것 아닌가요? 왜 외부 이야기가 필요한 거예요?

선생님 좋은 질문이에요. 〈배따라기〉에서 외부 이야기의 서술자인 '나'는 내부 이야기 속 '그'와도, 사건 자체와도 관계가 없고, 단순히 '그'에게 들은 이야기를 독자에게 전달하는 역할을 하고 있지요.

그렇다면 왜 이런 서술자가 필요한 걸까요? 친구가 연수에게 어떤 이야기를 할 때, '누구누구한테 들었는데'라고 말한다면 그냥 말하는 경우보다 더 믿을 만하다고 생각되지 않나요? 이처럼 〈배따라기〉에서도 '그'의 이야기를 '나'가 듣는 형식을 취함으로써 사실성을 뒷받침하여 독자가 내부 이야기에 신뢰가 가도록 할 수 있어요.

연수 정말 그러네요! 그럼 모든 액자식 구성은 이야기의 신뢰도를 높이기 위해 쓰이는 건가요?

선생님 그건 아니에요. 다른 작품을 한번 살펴볼까요?

여의 발아래 바위를 가볍게 두드리면서 한 개 이야기를 꾸며보았다.

한 화공이 있다.
화공의 이름은? 지어내기 귀찮으니 신라 때의 화성의 이름을 차용하여 솔거라 하여두자.
시대는? 시대는 이 안하에 보이는 도시가 가장 활기 있고 아름답던 시절인 세종 성주의 대쯤으로 하여둘까.

위의 글은 김동인의 〈광화사〉의 일부예요. 이 또한 액자소설인데,

특징적인 점은 외부 이야기의 서술자가 내부 이야기가 허구임을 미리 밝힌다는 것이죠.

연수 그러면 내부 이야기에 믿음이 가지 않겠는데요.

선생님 맞아요. 하지만 허구성을 미리 알려줌으로써 오히려 독자가 이 허구에 자연스럽게 몰입하도록 하는 효과를 얻을 수 있지요.

액자식 구성

1. 소설의 구성이란?

소설에서 '구성'이란 적절한 것을 선택하고 배열하여 필연성 있게 연결되게 한 것을 말해요. 여러분도 잘 알다시피, 소설 구성의 3요소는 '인물, 사건, 배경'이에요. 그러니까 이 세 가지 요소들을 적절히 설정하고 이를 엮어 짜는 것을 소설의 구성이라 말하는 것이지요.

줄거리와 비교하면, '줄거리'는 일반적으로 사건을 시간 순서대로 나열한 것을 말하며, '구성'은 작가의 의도대로 사건을 짜임새 있게 재구성한 것을 말합니다. 예를 들어 〈배따라기〉의 줄거리는 '그'가 아우와 아내의 사이를 의심하다가 쥐를 잡는 사건으로 오해가 깊어져 결국 아내가 스스로 목숨을 끊고, 이후 고향을 떠난 아우를 찾아다니던 와중에 '나'와 만나 그 이야기를 전달하는 사건을 연속적으로 전개한 것을 말합니다. 김동인은 이를 시간 순서대로 쓰지 않고 '나'가 우연히 만난 '그'에게 과거의 이야기를 듣는 액자식 구성을 취하고 있는 것이지요.

2. 다른 액자소설들

조선시대 김만중이 지은 《구운몽》은 대표적인 액자식 구성의 고전소설입니다. 주인공 성진은 선계의 육관대사 아래서 불도를 수행하던 중 팔선녀를 만나고, 이후 세속의 부귀영화를 원하다가 벌을 받아 양소유로 환생하게 됩니다. 양소유는 승상의 자리에 오르고 8명이나 되는 미인들을 아내로 맞이하는 등 부귀영화를 누리지만, 이를 덧없게 여겨 불도를 닦고자 찾아간 절에서 스승을 만납니다. 양소유로서의 삶이 모두 꿈인 것을 깨달은 성진은 다시 불도에 매진하지요. 양소유로서의 내부 이야기를 성진으로서의 외부 이야기가 안고 있는 형식입니다.

이 외에도 염상섭의 〈표본실의 청개구리〉, 김동리의 〈무녀도〉, 메리 셸리의 《프랑켄슈타인》, 헤르만 헤세의 〈공작나방〉도 대표적인 액자소설입니다. 또 김동인의 다른 단편소설 중에도 〈광화사〉, 〈광염 소나타〉 등 액자식 구성을 취하는 작품이 여럿 있지요.

3. 다양한 소설 구성 방식

소설의 구성은 정말 다양하지만, 교과서에서 자주 접하는 사례를 짧게 살펴봅시다. 고전소설은 대부분 시간의 흐름에 따라 이야기가 전개되는데, 이것을 '평면적 구성' 또는 '순행적 구성'이라고 해요. 《춘향전》이나 《홍길동전》을 생각해 보면 이해하기 쉬울 거예요. 반면, 시간의 흐름을 바꾸어 구성하는 소설을 '입체적 구성' 또는 '역순행적 구성'이라고 하는데, 예를 들어 김유정의 〈동백꽃〉은 점순이와 '나'의 갈등 상황이 먼저 제시되고, 이후에 갈등이 생기기까지의 과정을 서술하고 있습니다.

양귀자의 《원미동 사람들》은 '원미동'이라는 소설의 배경과 등장인물이 유지된 채 서로 다른 이야기들이 동일한 주제로 묶여 있는 연작소설입니다. 이런 소설의 구성을 '피카레스크식 구성'이라고 해요. 피카레스크식 구성은 서로 다른 이야기들이 하나의 주제 아래 엮여 있는 구성 방식을 말합니다. 이와 비슷한 '옴니버스식 구성'은 마찬가지로 각기 독립된 이야기를 하나의 주제로 엮어놓는 방식인데, 인물과 배경이 달라지는 경우를 포괄한답니다.

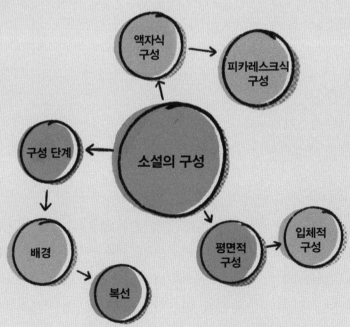

'쥐를 잡는 것'에 숨겨진 뜻이 있나요?

"이년! 시아우와 그러는 년이 어디 있어?"

그는 아내를 꺼꾸러뜨리고 함부로 내리찧었다.

"정말 쥐가…… 아이 죽겠다!"

"이년! 너두 쥐? 죽어라!"

그의 팔다리는 함부로 아내의 몸 위에 오르내렸다.

"아이 죽갔다. 정말 아까 적은이(시아우)가 왔게 떡 먹으라구 내놨더니……."

"듣기 싫다! 시아우 붙은 년이 무슨 잔소릴……."

"아이, 아이, 정말이야요. 쥐가 한 마리 나……."

"그냥 쥐?"

"쥐 잡을래다가……."

"상년, 죽얼! 물에래두 빠데 죽얼!"

형은 장에서 돌아와 아내와 동생이 흐트러진 모습으로 함께 있는 것을 보고 흥분하여 다짜고짜 화를 냅니다. 이때 동생과 아내가 쥐를 잡고 있었다고 변명을 하자 오히려 더 불같이 화를 내며 "쥐? 이놈! 형수와 그런 쥐 잡는 놈 어디 있니?"라며 동생의 따귀를 때리고 쫓아내 버립니다. 그런데 형의 말을 가만히 보면 그냥 화가 났다기보다는 '쥐를 잡았다'는 데에 더욱 화가 나 보입니다. 형은 왜 이 말에 그렇게까지 흥분하며 아내에게 물에 빠져 죽으라는 말까지 하는 걸까요? 우리는 고전에서 그 답을 찾아볼 수 있습니다.

《한국구비문학대계》라는 책을 보면 쥐가 언급된 많은 설화가 나와요. 이 설화들에는 공통점이 있는데, 바로 '쥐'가 '남성의 성기'를 가리키는 경우가 많다는 겁니다. 즉 '쥐를 잡는다'는 것은 성행위의 은유적 표현으로 민간에서 쓰이기도 했다는 말이지요. 형은 이러한 이야기를 들으며 자랐을 거예요. 그래서 형은 사실 여부를 떠나, 늘 시기의 대상으로 여겼던 동생의 입에서 '쥐를 잡고 있었다'는 말이 나오자 액면 그대로 받아들여지지 않았던 것이지요. 그랬기에 더욱 화가 난 거라고 추측할 수 있습니다.

그런데 아우와 아내의 말이 사실이라 하더라도 한 가지 의문스러운 점이 있어요. 아무리 쥐를 잡는다고 하더라도, 그렇게 옷매무새까지 흐트러질 수가 있을까요? 하지만 이 점도 조금만 더 깊게 생각해 보면 이해할 만합니다.

형의 질투와 시기를 알고 있는 형수와 동생은 아무래도 둘만 있게 된 이 상황이 어색하고 불편했을 거예요. 그래서 가만있기가 뭐했던 형수가 어색함을 조금이나마 피하려고 떡을 내왔는데, 이때 떡 냄새를 맡은 쥐가 나타난 거예요. 마침 형수와 동생은 이 어색한 분위기를 모면할 일이 생긴 거지요. 그래서 열심히 쥐를 잡으려고 안달이었던 겁니다. 옷고름이 풀어지고 머리가 흐트러지는 것을 모를 정도로 오로지 쥐를 잡기 위해 집중한 거예요. 그러다가 형이 들어오고, 그제야 이 상황이 오해받기 딱 좋은 상황이라는 것을 알게 되지요. 두 사람은 사실대로 말했지만, 오히려 '쥐를 잡는다'는 말이 형에게는 대놓고 자신을 무시하고 모욕하는 말로 들렸던 것입니다.

설화 속 동물의 상징성

'쥐를 잡는다'는 표현에 그런 의미가 있었다니, 참 놀랍죠? 우리나라 고전소설이나 옛 설화 속에 나오는 동물 가운데는 이런 상징적 의미를 지닌 것들이 더 많이 있답니다. 재미있는 것들이 많지만, 여기에서는 그중 두 가지만 한번 살펴보도록 하지요.

1. 여우

쥐가 남성과 관련이 있다면 여우는 여성과 관련해 많이 표현되었어요. 한국의 설화 속 여우는 여성을 표상하는 대표적인 동물로 인식되고 있지요. 〈여우 누이〉를 보면, 아들만 가진 부부가 간절하게 딸 갖기를 기원합니다. 심지어 여우여도 좋으니 딸을 달라고 해요. 그러다 결국 딸을 얻게 되는데, 이 딸이 진짜 여우였던 거예요. 그래서 온 집안을 망하게 해버립니다. 이 이야기를 통해, 당시 공동체 사회에서 여성을 가부장제 사회를 위협할 수도 있는 존재로 인식했다는 것을 알 수 있어요. 그래서 아들만 셋이나 있는 집에서 딸을 간절히 원하면 오히려 재앙이 될 수도 있다는 생각이 설화 속에 나타난 것이지요. 이런 맥락에서 여우는 악을 드러내는 역할로 그려지곤 합니다.

2. 호랑이

한국 호랑이의 문화적인 상징은 〈단군신화〉에서부터 시작돼요. 호랑이는 한국인에게 큰 의미를 지니며, 다양한 상징적 가치가 문화 전반에 걸쳐 계승되어 왔습니다. 호랑이는 한국 설화에서 다양한 모습으로 등장하는데, 신성하고 영적이며 슬기로운 존재이면서도 동시에 포악하고 바보스러운 이미지로 묘사됩니다. 이는 대체로 권력자를 의미하는데, 때로는 권력을 마구잡이로 휘둘러 민중을 못살게 구는 모습으로 그려지지요. 그래서 설화를 통해 그런 호랑이를 벌줌으로써 민중의 억눌린 마음을 해소하는 구실을 하게 했습니다. 〈해와 달이 된 오누이〉, 〈곶감과 호랑이〉 같은 설화에서 그런 모습이 잘 드러나요.

운명은 벗어날 수 없나요?

〈배따라기〉에서 '그'의 비극적인 삶에 대해 작가는 인물의 입을 빌려 자기 생각을 직접 드러냅니다. '나'와 '그'가 만나는 장면에서는 '그'의 입으로, 그리고 타지에서 만난 동생의 입으로, 마지막으로 '그'의 사연을 모두 들은 '나'의 서술로요. 이 인물들은 모두 '운명' 혹은 '숙명'이라는 말을 하지요. 이 중 아우의 말을 다시 한번 읽어봅시다.

> 그는 이상하게 놀라지도 않고 천연히 물었다.
> "너, 어디케(어떻게) 여게 완?"
> 아우는 잠자코 한참 있다가 겨우 대답하였다.
> "형님, 거저 다 운명이외다."

아우는 왜 그 모든 비극을 운명이라고 했을까요? 작품 속에 답이 직접 드러나지는 않지만, 한번 추측해 봅시다. 아우가 만약 '그'의 아내와 정말 불륜 관계였다면 어땠을까요? 형수가 스스로 목숨을 끊은 것도, 형의 가정이 파탄 나버린 것도 결국 모두 자기 탓이니 죄책감과 함께 그 모든 일을 후회했을 겁니다. 혹은 형을 향한 불합리한 원망을 했을 수도 있겠지요. 반대로 아우가 정말 결백하다면 어떨까요? 아우는 형의 부당한 의심으로 끊임없이 고통받다가 결국 스스로 목숨을 끊은 형수에 대한 안타까움과 함께 형에 대한 실망과 원망을 키워갔을 테지요.

그러나 진실이 무엇이든 두 사람 다 커다란 비극을 맞고 고향을 떠나 10년의 세월을 기구하게 살았습니다. 그러는 동안 분노는 깎여나가고, 원망은 풀리지 않는 한으로 응어리지며, 결국에는 이런 처지에 이르고 만 안타까움만 남지 않았을까요? 그리하여 아우는 이 거대한 비극을 누군가의 탓으로 여기기보다는 개인이 어찌할 수 없는 운명으로 여기고, 현재의 삶을 받아들이며 살아갈 수밖에 없다고 형에게 말하는 듯합니다.

그리고 '그' 또한 이러한 아우의 말에 동의한 것 같습니다. '나'와 만나는 첫 장면에서 '그'가 이 모든 것을 운명 탓이라고 말하는 것을 보면 알 수 있지요.

"왜 20년씩 고향엘 안 가요?"
"사람의 일이라니, 마음대루 됩데까?"
그는 왜 그러는지 한숨을 짓는다.
"거저, 운명이 제일 힘셉데다."
운명의 힘이 제일 세다는 그의 소리에는 삭이지 못할 원한과 뉘우침이 섞여 있다.

그리고 마지막으로 객관적 방관자인 '나'가 '그'의 사연을 '숙명'이라고 판단하는 문장에서 작가의 입장이 드러나고 있습니다.

그날 밤, 집에 돌아와서도 그 배따라기와 그의 숙명적 경험담이 귀에 쟁쟁 울리어서 한잠도 못 이루고, 이튿날 아침 깨어서 조반도 못 먹고 기자묘로 뛰어가서 또다시 그를 찾아보았다. (중략)

강가에 나가서 알아보니, 그의 배는 오늘 새벽에 떠났다 한다.

그 뒤에 여름과 가을이 가고 1년이 지나서 다시 봄이 이르렀으되, 잠깐 평양을 다녀간 그는 그 숙명적 경험담과 슬픈 배따라기를 남겨둔 뿐, 다시 조그만 모란봉에 나타나지 않는다.

'나'의 말에서 작가의 입장이 드러난다고 판단할 수 있는 근거가 무엇일까요? 작품의 앞부분을 다시 살펴보며 '나'에 대해서 정리해 봅시다. '나'는 열다섯 살부터 도쿄에서 유학 생활을 했고, 평양성과 대동강 일대의 봄 경치를 즐기는 중이며, 진시황을 큰 위인으로 여기고, '그'와 헤어진 후에도 다시 찾아다닐 정도로 '그'의 영유 배따라기에 큰 감명을 받았습니다. '나'에 대한 이런 단편적 정보에서 우리는 김동인의 그림자를 느낄 수 있습니다. 평양에서 태어나 대동강

을 배경으로 한 많은 글을 쓴 김동인은 '나'와 마찬가지로 열다섯 살에 도쿄에서 유학 생활을 시작했습니다. 또 아름다움을 추구했던 문학적 성향 또한 유토피아와 진시황을 예찬하는 '나'와 유사하지요. 그런 '나'가 '그'의 노래를 다음과 같이 판단합니다.

그는 한번 다시 나를 위하여 배따라기를 불렀다. 아아, 그 속에 잠겨 있는 삭이지 못할 뉘우침, 바다에 대한 애처로운 그리움.

'그'는 안타까운 비극을 숙명으로 받아들이며 배따라기를 예술적인 아름다움으로 승화하고 있고, 극단적으로 아름다움을 추구하는 김동인의 대변자인 '나'가 그런 그의 삶을 숙명으로 긍정하며 그 삶이 깃든 노랫소리를 아름다움으로 여기고 '그'를 다시 찾으려 한 것입니다.

넓게 읽기

작품 밖 세상 들여다보기

시대

작가

작품

작가 이야기
김동인의 생애와 작품 연보, 작가 더 알아보기

시대 이야기
1920년대

엮어 읽기
〈배따라기〉와 연관된 작품들

독자 이야기
뒷이야기 쓰기

독자

김동인의 생애와 작품 연보

1900(10월 2일)   평양의 갑부 집안에서 태어남.

1907(8세)   평양 숭실소학교에 입학함.

1912(13세)   숭실소학교를 졸업하고 숭실중학교에 입학함. '105인 사건'에 연루되어 감옥에 있는 형의 부탁으로 톨스토이의 《부활》을 구입하고 톨스토이에 대해 알게 됨.

1913(14세)   성경 암송 시간에 성경책을 꺼내놓고 보다가 꾸중을 듣고는 자퇴함.

1914(15세)   일본 도쿄로 유학을 가서 동경학원에 입학함.
이듬해 동경학원 폐쇄로 명치학원 2학년으로 편입하게 된다.

1917(18세)   아버지의 사망으로 귀국하여 막대한 유산을 물려받음.

1918(19세)   평양의 수산물 도매상 딸인 김혜인과 결혼함.
주요한과 《창조》 발행을 논의하고 경비 일체를 부담키로 함.

1919(20세)   주요한 등과 함께 우리나라 최초의 문예 동인지 《창조》 창간호를 발행(2월 1일)함.
독립선언 행사에 참가했다가 3개월간 수감됨.
단편 〈약한 자의 슬픔〉, 〈마음이 옅은 자여〉 등을 발표함.

1921(22세)   《창조》 제9호에 〈배따라기〉를 발표함. 《창조》는 제9호를 끝으로 폐간됨.

1922(23세)   단편 〈태형〉을 발표함.

1925(26세)   단편 〈감자〉를 발표함.

1927(28세)   방탕한 생활로 재산을 탕진하여 평양의 집이 남의 손에 넘어가고 아내는 가출함. 신경증과 우울증으로 수면제를 복용하기 시작함.

1929(30세)   〈광염 소나타〉, 〈구두〉, 〈소녀의 노래〉, 〈대동강〉, 〈무지개〉 등을 발표함.

1931(32세)   숭의여중 출신 김경애와 재혼함.
이때 생활비를 위해 〈거지〉, 〈결혼식〉, 〈박첨지의 죽음〉, 〈발가락이 닮았다〉 등 많은 글을 발표한다.

1933(34세)   조선일보 학예부장을 지냄.
《운현궁의 봄》을 조선일보에 연재함.

1937(38세)   극도의 신경증으로 집필이 어려워지자 형이 경영하는 탄광촌에 가서 휴양함.

1938(39세)   일본을 욕한 것이 '천황모독죄'에 걸려 반년간 옥살이를 함.
이후 친일로 돌아서 '황군 위문작가단' 활동을 한다. 해방 이전까지 〈젊은 용사들〉, 〈김연실전〉, 〈선구녀〉, 〈학병 수첩〉 등 친일 문학을 발표한다.

1948(49세)   글씨를 정상적으로 쓰지 못하고 가족을 분별하지 못함.

1950(51세)   한국전쟁 때 이동하는 것조차 어려운 상황이라 피란을 포기함.

1951(1월 5일) 서울 하왕십리동 빈집에서 홀로 사망함.

작가 더 알아보기

다음 중 〈배따라기〉의 작가 김동인에 대한 설명으로 바르지 <u>않은</u> 것은?

① 김동인은 금수저였다.

② 19세에 잡지를 만들었다.

③ 김동인은 평생 직업이 없었다.

④ 최초로 3인칭 대명사와 과거시제를 썼다.

⑤ 그의 이름을 딴 문학상이 있다.

① 김동인은 금수저였다.

우리 문학사에 이름을 새긴 수많은 시인과 소설가는 대부분 어려운 환경 속에서 유명한 작품을 남겼습니다. 그러나 김동인은 예외였어요. 그는 매우 부유한 가정에서 태어나 자랐습니다.

김동인은 1900년 10월 2일 평양에서 태어났습니다. 김동인의 집안은 많은 토지를 소유하고 있어서, 우리가 생각하는 것 이상으로 부자였다고 해요. 곳간에 곡식이 다 들어가지 않아 마당에 쌓아놓을 정도였다고 하니까요. 김동인은 장로인 아버지 영향으로 유아 세례를 받았고, 숭덕소학교와 기독교 재단의 숭실중학교를 다닙니다. 체구가 작고 언변이 뛰어나 부모님은 법조인이 되기를 바라셨지만 그는 중학교를 중퇴합니다. 이유는 성경 시험 때문이었어요. 잦은 시험 탓에 스트레스를 많이 받았는데, 어느 날은 미처 다 외우지 못해 책을 펼쳐놓고 보다가 선생님께 심한 꾸지람을 듣고는 학교를 떠나게 되었대요.

그 뒤 열네 살이던 1914년에 일본으로 유학을 갑니다. 일본 도쿄에 그의 친구인 주요한이 있었어요. 주요한은 문학을 좋아했는데, 김동인과는 숭덕소학교부터 친했다고 합니다. 김동인은 그의 영향으로 법조인 대신 작가의 길을 걷게 돼요.

그러다 1917년 아버지가 돌아가시면서 막대한 재산을 상속받게 됩니다. 이때부터 그는 방탕한 생활을 하게 돼요. 낚시와 경마, 사진 등 당시에는 아무나 가질 수 없던 취미를 즐겼고, 친구들을 만나서 큰돈을 쓰는 일도 허다했다고 합니다. 심지어 '아침은 평양에서, 점심은 서울에서, 저녁은 도쿄에서 즐긴다.'라는 말이 나돌 정도였다고 해요. 그러다 결국 물려받은 재산을 모두 탕진하게 되지요.

② 19세에 잡지를 만들었다.

1919년에 일본 동경에서 조선어로 된 문학 잡지 《창조》가 만들어졌어요. 당시 일본에서 유학 중이던 김동인, 주요한, 전영택, 김환, 최승만 등이 참여했지요. 주요한이 편집인 겸 발행인을 맡았고, 재정 담당은 부유했던 김동인이 맡았습니다.

《창조》는 1919년 2월 1일에 창간되어 1921년 5월 통권 제9호를 끝으로 종간되었어요. 창간호부터 7호까지는 동경에서, 8호와 9호는 서울에서 발행했지요. 여기에는 시 70여 편, 소설 19편, 희곡 4편 등이 수록되어 있어요. 《창조》는 그동안 문학 작품 저변에 녹아 있던 계몽주의적 성격을 청산하고 구어체 문장의 확립과 자연주의 및 사실주의 문학의 개척, 자유시 발전 등에 크게 기여했습니다.

③ 김동인은 평생 직업이 없었다.

> 이 40일간의 봉급생활로서 과부의 서방질이나 일반으로나 스스로도 창피하게 생각하는 바이다. 그러나 그동안에도 한두 가지의 유쾌한 일은 있었으니 (중략) 민촌 이기영의 발견이었다. 그때의 민촌은 소위 살인 방화소설 문사로 중앙 문단에서는 제외되어 있는 사람이었다. (중략)
> 《조선일보》는 당시 복간 초라서 원고료 예산도 확정되지 않아 지금 생각하면 얼굴 붉힐 정도의 돈을 지불하고 원고를 산 일이 있지만, 이렇듯 단 몇 푼이라도 지불해서 가난에 쪼들리는 문사들에게 점심 한 그릇 값이라도 내어주기 위하여 나는 늘 경리 측과 다투었다.
>
> -《신천지》, 1943

그의 유일한 직장 생활은 조선일보 학예부장을 지낸 것이에요. 그는 하루에 두 편의 신문소설을 썼는데, '금동(琴童)'이란 필명으로 《운현궁의 봄》이라는 장편소설을 연재합니다. 그러나 그는 신문사 생활을 마음에 들어 하지 않았고, 결국 40일 만에 그만두지요. 그러나 그의 소설은 사람들에게 큰 반향을 불러일으켰고, 조만식 사장은 그의 집으로 직접 찾아가 원고료로 600원을 내놓습니다. 당시로는 꽤 큰 금액이었지요. 당시 김동인은 집값 월부금을 내고 있던 상황이었기 때문에 집필을 수락합니다. 그렇게 《운현궁의 봄》은 다시 연재되어 1934년 2월 5일 총 197회로 마무리되었지요.

④ 최초로 3인칭 대명사와 과거시제를 썼다.

> 그의 머리에 이 생각이 나자, 그는 갑자기 갑갑하던 것이 더 심하여지고 아무래도 혜숙이한테 가보아야 될 것같이 생각된다.
> "아무래도 가보아야겠다."
> 그는 중얼거리고 외출의를 갈아입었다.
> '갈까? 그만둘까?'
> 그는 생각이 정키 전에 문밖에 나섰다. 여학생 간에 유행하는 보법(步法)으로 팔과 궁둥이를 전후좌우로 저으면서 엘리자베트는 길로 나섰다.
>
> – 김동인, 〈약한 자의 슬픔〉에서

3인칭 대명사와 과거형 시제가 우리 문학에 처음 사용된 것은 1919년 《창조》에 수록되었던 김동인의 〈약한 자의 슬픔〉에서였어요. 이 작품은 김동인의 등단작이기도 하지요. 김동인은 이 작품으로 우리

문학사에 큰 업적을 남깁니다. 그는 그동안 없던 새로운 문체를 선보였는데, 처음으로 3인칭 대명사인 '그'와 '그녀'를 사용한 거예요. 또 전통적 문학의 서술형인 '하더라' 대신 과거시제인 '했다'를 사용했습니다.

> 또한 우리말에는 없는 바의 'He'며 'She'가 큰 난관이었다. 소설을 쓰는데, 소설에 나오는 인물을 매번 김 아무개면 김 아무개, 최 아무개면 최 아무개라고 이름을 쓰는 것이 귀찮기도 하고 성가시기도 하여서, 무슨 적당한 어휘가 있으면 쓰고 싶지만 불행히 우리말에는 'He'며 'She'에 맞을 만한 적당한 어휘가 없었다. He와 She를 몰아 '그'라는 어휘로 대용한 것, '그'가 보편화하고 상식화한 오늘에 앉아서 따지자면 아무 신통하고 신기한 것이 없지만, 이를 처음 쓸 때는 막대한 주저와 용단과 고심이 있었다.
>
> – 《신천지》, 1948

우리가 흔히 쓰는 3인칭 대명사와 과거시제를 김동인이 처음으로 작품에 사용했다니 흥미롭지요?

⑤ 그의 이름을 딴 문학상이 있다.

우리나라에는 문학 발전에 기여하려는 목적으로 만들어진 대표적인 3대 문학상이 있어요. 바로 이상문학상, 현대문학상, 그리고 동인문학상입니다. 특히 김동인의 문학사적 업적을 기리기 위해 만들어진 동인문학상은 1955년 《사상계》에 의해 제정되었어요. 조세희의 소설 《난장이가 쏘아올린 작은 공》은 교과서에도 수록되고 현재까지도 많이 읽히는 작품인데, 1979년 제13회 동인문학상을 수상했습니다. 그리고 김성한의 〈바비도〉, 김승옥의 〈서울, 1964년 겨울〉, 이청준의 〈병신과 머저리〉 같은 작품들도 동인문학상 수상작들이에요.

그러나 김동인의 일제강점기 후반 친일 행적은 동인문학상의 존재 가치에 대해 계속 의문을 갖게 해요. 그는 태평양전쟁을 지지하는 뜻을 밝히는 글을 썼고, 친일 소설과 산문 여러 편을 남기기도 했거든요. 그는 2002년 발표된 친일 문학인 명단과 2008년 민족문제연구소가 선정한 《친일인명사전》에 오르기도 했습니다. 친일 소설가를 기리는 문학상의 존폐에 대해서는 우리가 한 번 더 깊게 생각해 봐야 할 문제일 듯합니다.

창조사 발기인 모임

구예술을 부흥하며 신문예를 창건하려는 포부로 문예잡지 《창조》를 수년 전부터 동경에서 동인들이 협력하여 발행하여 왔다. 그러다가 금번에 뜻을 같이 하는 동인과 기타 뜻이 있는 모든 이들이 《창조》 이외에 소년잡지와 비평잡지 등 현대 시세에 적요한 잡지와 서적을 발행하기 위하여 '주식회사 창조사'를 조직하기로 되어, 금번 동인들이 다수 서울에 들어온 기회에 3일 오후 8시에 장춘관에서 발기회를 열게 되었다. 오늘 밤에 참석한 발기인은 이일, 김환, 이용재, 김찬영, 민태식, 고경상, 전영택, 김경호, 김동인 등이 있으며, 정관 등 창립에 관한 건을 결의한 후 창립위원 김환 외 7인을 선정하였다더라. (1920)

질투로 일어난 살인인가?

경상북도 영천군 순흥면 앞으로 흘러 내려가는 강에 스물두셋쯤 되는 청년의 시체 하나가 떠내려와서 걸린 것을 발견하고 즉시 경찰서에 통지하여 순사와 경찰, 의사가 현장에 출장하여 그 시체를 검사했다. 물에 빠져 죽은 것이 아니고 목을 매어 죽인 흔적이 있으므로 영천경찰서에서는 즉시 범인을 수색하고 그 사실을 조사한 결과, 피해당한 청년은 청구리에 사는 주문학(25)이라는 사람으로 판명되었다. 그곳에서 단서를 얻어가지고 범인 수색에 착수하여 지난 12일에 그 동리에 사는 박태수(27)를 가장 유력한 혐의자로 체포하여 경찰서에서 엄중히 취조 중이다. 취조가 마친 후가 아니면 자세히 알 수 없으나, 박태수가 죽이려 한 원인은 세상에 자주 있는 연애의 문제로 크게 혐의를 품고 그와 같은 참혹한 범죄를 한 듯하다더라. (1921)

학생 음독 자살 – 품행 부정으로

시내에 있는 한 여관에 투숙하고 있던 체신관 양성학교 학생이 6일 오전 12시경에 그 여관에서 쥐 잡는 독약을 먹고 방 안에 누워 고민하는 것을 여관 하인이 발견하고 즉시 명치정 이정목에 있는 삼의원 의사를 청하여 응급 치료를 하고 그 의원으로 보내어 치료 중이었으나 이미 그 독약이 전신에 퍼졌기 때문에 그만 효과가 없이 그날 오후 5시 30분경에 사망하였다. 이제 그 원인을 들어보니, 그는 원래 얌전한 학생으로 학교에서 성적도 훌륭하여 선생 간에 칭

찬도 자자했다고 한다. 그는 얼마 전에 시내 태평통에 사는 한 여자와 정을 통하여 오늘까지 재미있게 지냈으나, 다만 그 여자와 친한 후로부터 학교의 성적이 좋지 못하여 올봄 졸업 시험에 낙제하게 되었으므로 이것을 비관하여 그와 같이 자살한 것이라더라. (1922)

청류벽 아래의 참극 - 젊은 내외의 투신

평양의 대동강은 요즘에 이르러 점차 한 많은 청년 남녀의 죽음터로 되어가는 모양이다. 지난 6일 오후 3시경 청류벽 앞에서는 어떤 젊은 남녀 2명이 한길로 달려오다가 모두 물속으로 뛰어들어 서로 붙잡고 허우적거리게 되었다. 약 한 시간 뒤에 남자는 여러 사람의 구조로 살아나고, 여자는 끝내 죽어버렸다. 이 남녀는 부부인데, 생활이 곤란하여 아내는 어떤 정미소에서 쌀을 골라주고 약간의 수입을 얻게 되었다. 동시에 어떤 남자에게 몸까지 더럽혔으므로 가뜩이나 불평에 쌓였던 부부 사이에는 날로 풍파가 잦고 불평이 늘어가던 중, 지난 6일 아침에도 서로 말다툼을 하다가 그와 같은 참극이 생긴 것이다. 겨우 죽다 살아난 남편은 아주 죽은 아내를 거적으로 싸서 길가에 놓고 전후 사정과 신세를 한탄하는 모습이 참으로 측은하였다더라. (1923)

명태 풍어 5년 만에 처음

함경남도 연안 어민의 생명줄이라 할 만한 북부 지방 특산물 명태는 1920년 이후 항상 잘 잡히지 않아 어민들의 생활은 극히 곤란한 상태였다. 지진 이후의 현상으로 멸치 떼가 올해는 특히 많아 샤오십만 원의 이익을 얻은 것과 또 오징어의 풍어로 어민의 생활은 살아나고, 더욱이 올해는 명태가 많이 나서 신포를 비롯하여 각 연안의 명태 어선은 5년 만에 처음인 것을 기뻐한다고 한다. 명태 시세는 육칠십 원대에 달한다고. (1925)

물건 살 때의 여러 가지 주의

비누

우리가 날마다 쓰는 비누는 잘 주의하지 아니하면 혹은 너무 미끈미끈하고 때가 잘 안 지는 것도 있고, 어떤 비누는 겨울에 며칠만 써도 손이 터지는 것도 있습니다. 원래 비누라는 것은 지방과 알칼리 이 두 가지가 잘 조화하여야 비로소 좋은 비누라고 일컬을 수 있습니다. 대게는 비누를 살 때에 냄새를 맡아보는 이가 많이 있습니다. 물론 냄새가 향기로워야 쓰는 사람의 마음도 상쾌할 것이지만, 향기만으로는 비누의 좋고 나쁜 것을 분별하기가 어렵습니다. 아무리 좋은 향기가 날지라도 지방과 알칼리가 잘 조화되지 않았으면 그것은 좋지 못한 비누입니다. 비누를 살 때에 종이를 뜯어가지고 혀 끝에 잠깐 대어보면 매운 맛이 돌고 혀가 짜르르하는 것은 알칼리성이 많은 좋지 못한 비누요, 마른 손에 비누를 문질러 보아서 끈적끈적한 것이 손에 묻으면 그것은 지방이 많은 좋지 못한 비누입니다. 그리고 비누가 좋고 나쁜 것을 철저히 알려면 비누 끝을 조금 깎아서 알콜에 넣으면 극히 좋은 비누는 곧 녹아 없어집니다.

분

분을 살 때는 첫째로 납(연, 鉛)이 들고 아니 든 것을 알아야 하겠습니다. 납이 많이 섞인 분을 바르면 얼굴빛이 점점 푸르게 변하며, 심하게는 연독(鉛毒)이 들리는 사람도 있는 즉 매우 주의할 일입니다. 유리병에 초(일본초)를 붓고 거기 분을 조금 떼어 넣은 후 한참 동안 흔들다가 아연(亞鉛) 부스러기를 넣어 보면 납이 많이 섞인 분은 곧 아연에 검은 것이 달라붙습니다. 이 검은 것은 금속연(金屬鉛)이니, 납이 들지 않은 분은 이러한 변화가 생기지 않습니다.

거울을 고르는 법

거울은 우리가 생각하는 바와 같이 결단코 정확한 것은 아닙니다. 새로 사실 때에는 반드시 잘 시험해 보아야 할 것입니다. 깨끗하고 흰 헝겊을 목에 감고 거울을 들여다보아서 그 헝겊에 조금이라도 변화가 없으면 좋은 거울이요, 헝겊 빛이 조금이라도 누르게 보이면 그것은 정확치 못한 거울로 인정하겠습니다. 따라서 얼굴도 그만큼 다르게 보일 것입니다. (1925)

평양 인상 - 미인욕과 밤 대동강

대동강에 밤이 들면 정취도 또한 일변합니다. 모란봉 청류벽, 을밀대 연광정은 모두 다 잠들은 듯, 능라도와 반월도의 녹음조차 고요히 조는 듯, 종일토록 지저귀던 새소리, 매미 소리는 모조리 사라지고 숲속으로부터 흘러나오는 밤벌레 소리만 대동강을 꿈길로 인도하려는 자장가와 같이 밤새도록 끊이지 않고 요란히 들려옵니다. (중략) 밤이 이슥하면 젊은 여자들이 한 떼씩 패를 지어 반월도 근처 물 얕은 데로 건너가서 훌훌 벗고 마음껏 물장난을 하다가 건너온답니다. 이것이 달이 나 없는 어두운 밤이면 모르겠습니다만 달이 낮같이 밝은 밤에도 예사로 여긴답니다. 더욱이 여염집의 꽃 같은 새악시들도 관계치 않게 여기고 건너간다 합니다. (중략) 대동강의 밤 정조는 이러합니다. (1926)

음력 삼월 삼일 - 제비 돌아오는 날

오늘은 음력 삼월 삼일이다. 따뜻한 봄빛은 남에서 북으로 점점 먹어 들어간다. 봄을 노래할 제비 떼 나부낄 삼월 삼질은 돌아왔다. 해마다 낙엽 지는 늦가을에 강남으로 몸을 피한 제비는 봄빛을 따라 또다시 그 어여쁜 날개를 펴 들고 옛 주인을 찾아와서 대청 처마 밑에 깃을 드리우고 사람들의 귀여움을 받을 것이다. (1926)

양산 - 이 봄 유행은 어떤 것?

봄철이 되어 산천이 다 새로운 차림차림으로 변하는 때에, 사람 역시 새로운 마음씨와 새로운 차림으로 봄을 맞게 되었습니다. 봄이면 봄 치장, 여름이면 여름 치장, 이렇게 절기를 따라 부인네들의 차림차림이 변하는 동시에 그때마다 어떻게 하면 새롭게 될까 하는 것도 좀 생각하게 되는 것입니다.

이에 '파라솔'에 대하여 말씀하겠는데, 올봄에 새로이 수입된 양산은 대개 살이 많고 양산 언저리가 너풀너풀하는 것이 많고, 양산 바탕에 무늬를 수놓은 것이 많습니다. 빛깔은 흰 바탕에 검정 선으로 된 양산, 가장자리에 물결처럼 수놓은 것이 고상해 보이는 것 같습니다. 양산 값은 해마다 싸지는 느낌이 있으며, 색채는 대개 간색(여러 가지 색이 뒤섞인 색)이 많은 것 같습니다. (1929)

엮어 읽기

〈배따라기〉와 연관된 작품들

1. 이광수의 《무정》

김동인의 작품을 이야기하기 위해서는 그 전
에 한국 문학에서 절대적인 입지를 가지고 있
던 이광수를 빼놓을 수 없어요. 특히 이광수
의 《무정》은 한국 근대소설의 효시로 평가받는
작품입니다. 줄거리를 잠깐 살펴볼까요?

경성학교 영어 교사인 이형식은 미국 유학
을 준비하는 김선형을 개인 지도하면서 그녀에
게 호감을 느낍니다. 그러던 중 은사의 딸이자
정혼자였던 박영채가 수년 만에 형식 앞에 나타납니다. 영채는 투옥
된 가족을 위해 기생이 되었으나 형식을 위해 정절을 지켜왔어요. 그
러나 경성학교 배명식에 의해 순결을 잃게 되고, 이에 스스로 목숨을
끊을 결심을 하지요. 그러다 평양으로 가는 기차 안에서 유학생인 신
여성 김병욱을 만나 함께 동경 유학길에 오르게 됩니다. 이즈음 형식
은 교사 일을 그만두고 선형과 함께 미국 유학을 떠나려 합니다. 영
채는 병욱과 동경으로 가는 기차 안에서 형식과 선형을 마주칩니다.
이들은 수해 현장을 접하며 고통받는 조선인의 삶을 안타깝게 생각
하고, 배움을 통해 조선을 구제하겠다고 함께 다짐합니다.

《무정》은 현재에서 출발해 과거를 삽입하는 역순행적 구성, 입체적인 인물의 내면 심리 묘사 등 근대소설의 특징을 가지고 있어요. 형식뿐만 아니라 내용상으로도 근대적인 요소가 많이 나타나요. 《무정》 속 인물인 형식은 자유로운 결혼관을 지닌 근대적 문화를 상징하는 선형과 효와 정절을 지키는 봉건 사회의 희생자를 상징하는 영채 사이에서 갈등하지요. 또 자연과학과 교육을 통해 조선 사회를 근대적으로 변화시켜 구하고자 하는 계몽의식도 담겨 있어요.

이광수는 사상을 전달하는 계몽의 수단으로 소설을 썼고, 《무정》이 그 대표적인 예시랍니다. 일제강점기 조선 사회를 살아가는 개화기 지식인으로서 이광수는 문학을 통해 기존 봉건 사회의 유교적 윤리의식에 반대하고, 시대의 변화와 근대인으로서의 자아를 깨우쳐야 함을 대중에게 알리고자 한 거예요.

그러나 1910년대 말, 이에 반발하는 문학적 흐름이 등장하지요. 바로 주요한과 김동인을 주축으로 한 《창조》의 동인들이에요. 김동인은 문학을 계몽의 도구가 아니라 그 자체로 자율성을 지닌 예술이라고 주장했어요.

2. 김동인의 〈광염 소나타〉와 〈광화사〉

《창조》를 창간한 이들은 이광수를 비롯한 기존의 계몽주의적 성향의 작품 활동을 부정하고 순수문학을 추구했어요. 이러한 김동인의 예술관이 잘 드러나는 다른 작품을 한번 살펴볼까요?

〈광염 소나타〉와 〈광화사〉는 〈배따라기〉와 공통점이 많은 작품이에요. 둘 다 액자식 구성의 소설이고 탐미주의적인 작품이지요.

〈광염 소나타〉를 먼저 살펴봅시다. 이 소설은 음악비평가 K씨가 사회 교화자 모씨에게 말해주는 백성수에 대한 이야기예요. 백성수는 광포스러운 야성을 가지고 있어 사회적 질서에 어긋나는 행동을 일삼지만, 야성적인 예술성을 타고난 천재인 백○○의 유복자예요. 성수는 어진 어머니의 교육으로 점잖고 온화하게 자라서 타고난 야성적 열정이 드러나지 않았어요. 그러나 어머니가 병상에 눕자 약값이 필요해진 성수는 충동적으로 담뱃가게의 돈을 훔치게 되고, 재판소와 감옥에서 지내는 사이에 어머니는 죽고 말지요. 출소한 성수는 어머니의 시신조차 찾을 수 없었어요. 그는 복수심에 불타 담뱃가게에 불을 내는데, 이때 잠들어 있던 야성과 광포성이 드러나 '광염 소나타'를 작곡합니다. 그리고 그 모습을 목격한 K씨와 인연이 닿게 되지요. 성수는 이후 K씨의 돌봄을 받는데, 평상시에는 그 천재성을 발휘하지 못해 매우 초조해해요. 그러다 다시 불을 지르고 흥분에 휩싸여 다음 작품을 창작하지요. 이후 그는 방화, 사체 모욕, 시간(屍姦), 살인 등의 끔찍한 범죄를 저지르고, 그때마다 뛰어난 작품을 창작합니다. 이후 성수는 예술가협회의 도움으로 정신병원에 감금돼요.

바로 여기, 백성수에 대한 K씨의 판단에서 김동인의 예술관이 드러납니다. K씨는 그 죄를 밉게 보아야 하는지, 그 범죄로 인해 탄생한 작품을 감안해 죄를 용서해야 하는지 물어봤어요. 사회 교화자인 상대는 죄를 벌해야 한다고 답하지만, K씨는 방화나 살인 등에 의한 피해보다 뛰어난 천재성과 그로 인해 탄생하는 예술이 더 소중하다고 예술가의 입장에서 길게 변론해요. 김동인의 예술관이 아주 직접적으로 드러나는 부분이지요.

한 사람의 인생에 대한 평으로 예술관을 드러내는 〈광염 소나타〉와는 달리 〈광화사〉는 절대적 아름다움을 추구하는 화공의 인생으로 예술관이 드러납니다. 인왕산을 거닐던 서술자는 한 화공의 이야기를 즉석에서 창작해요. 못나게 태어난 화공 솔거는 짝이 없는 자신의 신세에 불만과 열등감을 가지고 있어요. 그는 유일하게 자신을 진심으로 사랑해 준 절세미녀 어머니의 눈빛을 떠올리며 세상에서 가장 아름다운 여자의 그림을 그리겠다고 결심하지요. 그러나 수많은 여자를 만나봐도 그의 눈에 차는 여자는 없었어요. 그러다 화공은 시냇가 바위 위에 앉아 있던 한 여자의 표정을 보고 눈을 떼지 못합니다. 그녀는 맹인이었고, 화공은 그녀가 보지 못하는 것들의 모습을 설명해 주지요. 화공의 설명에 여자의 표정은 동경으로 가득 차게 됩니다. 그 표정이 매우 아름다워 화공은 그녀를 집으로 데려가요. 이 대목에서 서술자는 통속적인 유행 가사와 다른 이야기를 만들고자 고민하다가 다음과 같이 결말을 지어요.

그녀를 대상으로 그림을 그리던 화공은 눈동자의 완성만을 남겨둔 채 그녀와 관계를 가집니다. 그러나 다음 날이 되자 그녀의 눈빛에는 그전의 아름다움이 사라져 있었고, 화공은 그녀가 이전의 눈빛을 찾도록 채근하다가 때려 죽여버렸어요. 이때 여자가 넘어지며 친 붓에서 먹이 튀어 우연히 눈동자가 찍혔고, 원망이 담긴 눈이 완성되었답니다. 이후 화공은 그 미인도를 들고 다니는 광인이 되었다고 해요.

〈광염 소나타〉와 〈광화사〉는 김동인의 탐미주의적인 문학관이 강하게 드러난 작품이자 예술과 삶의 불일치를 그려냈지요. 이 두 작품은 비교적 초기에 발표한 〈배따라기〉와는 달리 1930년대에 김동인이 파산과 부인의 가출을 겪으며 불면증에 시달리는 와중 발표한 소설이라는 점을 염두에 두면 작품을 더 잘 이해할 수 있을 거예요.

3. 이청준의 〈서편제〉

노래, 가족의 해체, 그리고 예술관이 〈배따라기〉와 〈서편제〉의 교집합이에요. 이청준의 〈서편제〉는 1976년 발표된 단편소설로, 김동인의 〈배따라기〉와 함께 읽으면 예술에 대해서 더 깊이 생각해 볼 수 있습니다. 줄거리를 함께 확인해 볼까요?

소릿재 주막에서 한 여인이 소리를 하고 사내는 북장단을 치고 있습니다. 사내는 여인에게 소리의 내력에 관해 캐물어요. 소릿재라는 이름은 한국전쟁 이후 1956년에서 1957년 무렵 나타난 소리꾼 부녀 중 아버지의 소리로부터 나온 말로, 이 주막은 소리꾼 아버지가 죽은 후에도 그곳에 머문 소리꾼 딸을 위해 대갓집 어른이 지어주었어요. 그 딸은 잔심부름하는 여자에게 소리를 가르치다 3년 뒤 주막을 나갔고, 남자와 함께 소리를 한 여자는 그때 소리꾼 딸로부터 소리를 배운 여자였지요.

북장단을 치는 사내의 내력은 이래요. 어머니가 어떤 소리꾼과 통정하여 아이를 낳고 죽자 소년이었던 그는 소리꾼을 따라다닙니다. 소리꾼은 딸에게 소리를 가르치고 소년에게는 북장단을 치게 했지요. 그러나 소년은 소리꾼의 소리가 어머니를 죽였다고 여기며 소리에는 소홀했고 복수하기만을 다짐합니다. 어느 날 소년은 커다란 돌멩이를 들고 소리꾼을 죽이려 하다가 들키고 말지만, 소리꾼은 이를 탓하지 않아요. 결국 소년은 도망치고, 그를 찾는 소리꾼의 소리가 마음에 남아버렸지요.

한편 소리꾼 딸은 아버지로 인해 맹인이 되었는데, 아버지가 그렇게 한 이유를 설명하는 부분에서 이청준의 예술관이 드러나요. 여인은 딸이 좋은 소리를 내게 하기 위해 아버지가 한을 심어주고자 그렇게 한 것이고, 그 딸 또한 아버지를 원망하지 않는 것처럼 보였다고 말해요. 그러나 사내는 딸이 떠나지 못하게 한 행동일 것이라고 반박하지요. 사람의 한은 누군가가 심어주고 싶다고 심어줄 수 있는 것이 아니라 살아가며 자연스럽게 쌓이는 것이고, 그 딸이 아버지를 용서함으로써 오히려 한이 되었을 것이라고 여깁니다. 마지막 부분에서 사내와 소리꾼 딸은 남매이고, 사내는 그녀를 찾아다니고 있음이 드러나며 끝이 나요.

〈서편제〉를 읽을 때는 속편에 해당하는 〈소리의 빛〉도 읽어보는 것을 추천해요. 〈소리의 빛〉에서는 여인을 중심으로 이야기가 진행되는데, 주막에서 함께 소리를 한 두 남녀가 사실 남매 사이라는 것이 밝혀집니다.

뒷이야기 쓰기

'그'는 왜 아우를 찾으러 바다로 갔을까요? 아내가 죽은 후 〈배따라기〉 속 '그'의 심정은 어땠을까요? 자신이 아내와 아우의 사이를 의심하여 아내가 자살하고 아우가 고향을 떠나게 되자 '그'는 깊은 죄책감에 시달렸을 것입니다. 고향에는 아내와의 추억이 서린 거울, 아내와 아우가 옷을 정돈하지 못한 채 함께 있던 집, 남편이 사라진 아우의 아내, 그리고 아내를 삼킨 바다가 있지요. 그 모든 것이 고통스러워 '그'는 고향에서는 더 이상 지낼 수 없었을 것입니다. 그래서 그는 자신이 망가뜨린 아우를 찾아 떠나기로 합니다. 아우를 찾기 위해 아내를 삼킨 바다로 떠나지요.

아우를 찾아 고향을 떠난 '그'와 달리 고향에 남은 아우의 아내는 무슨 마음으로 살았을까요? 떠나간 '그'와 아우, 그리고 남은 아우의 아내가 어떤 마음으로 살았을지 생각하며 뒷이야기를 써봅시다.

교사가 쓴 뒷이야기

'가정과 일이 있으니 젊을 때처럼 여행 다니기는 어려워졌지만, 다리가 성할 때 돌아다녀야지.' 하고 유람을 나선 차였다. 평양성 인근을 지나 바다를 보러 가는 길에 익숙한 노랫소리가 구슬피 들려왔다. 그 노래를 들으니 10여 년 전에 만난, 고생이 주름에 켜켜이 쌓인 사내의 모습이 떠올랐다. 어쩌면 그를 다시 만날 수 있을지 몰라 수소문했으나 그는 고향을 떠난 뒤로 돌아온 적 없고, 마을에는 그의 제수씨만이 남아 있다고 한다. 몹쓸 호기심을 참지 못하고 물어 물어 그의 제수씨를 찾아갔다.

고생을 많이 했는지 벌써 노파처럼 늙어버린 여자는 그의 이야기가 나오자 자리를 피하고 싶어 하는 기색이었다. 그래도 식사를 대접하겠다고 어찌어찌 이야기를 나누는 자리를 마련했다.

그에게 들은 이야기를 전해주는 사이 말없이 빠르게 식사만 하던 그녀가 겨우 입을 열어 말했다.

"아주버님을 뵈셨군요. 저는 아주버님과 남편이 떠난 뒤로 다시 본 적이 없습니다. 둘이 한 번은 만났다는 것도 처음 듣네요."

"그동안 여자 혼자 살기 쉽지 않았을 텐데, 어떻게 지냈습니까?"

"품삯을 받으면서 살다가…… 그것도 여의치 않았습니다. 돈이 부족할 때면 세간 살림을 팔다 팔다 목구멍이 포도청이라 아주버님 집을 정리했죠. 나쁜 년이라고 해도 하는 수 없습니다. 5년이 넘게 제가 관리했는데, 사람이 없어서 도둑도 들고 집은 낡아가니 별수 있나요. 저희 집도 결국 다른 사람에게 넘기고 조그만 방에 세 들어 살고 있습니다. 그쪽 덕분에 오늘 식사 걱정은 안 해도 돼서 다행이네요."

그녀의 말을 듣고 나니 그녀의 행색이 보였다. 마을에서 가장 잘 살던 사람답지 않게 너무 오래 입어서 반들거리고 해진 낡은 옷, 몇 번이고 찬물에 담갔다가 바닷바람에 마르는 과정에서 두 배로 커진 딱딱하고 갈라진 손가락, 아직 중년의 나이임에도 늙수그레한 얼굴과 흰 머리가 섞인 헝클어진 머리칼, 10여 년 전에 만난 그 사람처럼 얼굴 곳곳에 파여 있는 깊은 주름……. 나는 다 먹은 반찬을 추가한 뒤 그녀에게 물었다.

"남편이 돌아오기를 많이 기다리시겠습니다?"

"남편이요?"

"많이 보고 싶으시겠어요?"

"보고 싶은 걸까요?"

그녀의 눈빛이 먼 곳을 향했다.

"매일 남편이 생각나지만, 제가 정말 남편이 보고 싶은 게 맞을까요? 그래요, 만나면 하고 싶은 건 있네요. 멱살을 잡고 내 꼴을 보여 주고 싶기는 합니다. 다 부르트고 터진 손과 우리 어머니만큼 늙어버린 얼굴을 들이대고 싶네요. 그 사람이 정말로 형님과 바람을 피운 걸까요?"

"부인께서도 아시는 바가 없으십니까?"

"저는…… 저는 한 번도 생각해 본 적 없었어요. 한 번도……."

그러나 그녀는 곧 의심이 드는지 횡설수설했다.

"아니, 아주버님께서 형님께 하시는 말이 가끔 집 밖으로 들렸으니까, 그 사람 행실이 좋지 않다는 것은 전부터 알고 있었으니까…… 그래도 계속 참아왔는데, 그이는 돈도 많고 풍채도 좋고…… 그렇지만 아무리 그래도 그 사람 형수인데, 가족인데 설마……."

무슨 말을 해야 할지 몰라서 가만히 있는 동안, 그녀는 마음을 가라앉히고는 한숨을 내쉬며 말했다.

"그래요, 인제 와서 진실이 다 무슨 소용이겠어요? 형님은 죽었고, 다들 고향을 떠나서 살았는지 죽었는지도 모르는 판국에. 남편이 돌아오길 바라냐고요? 그 사람이 돌아오면 제 삶은 좀 나아지겠죠. 혼자 사는 여자가 받는 이웃들의 시선도, 이 궁핍도 조금 나아질 수는 있겠지만……."

"이웃 사람들은 요즘 세상에 남편을 기다리는 지조 있는 여자라고 칭찬하던데요."

"안 그러면 어떻게 하나요? 재혼이라도 하나요? 당장 내일 먹을 쌀이 없을 때는 그 사람이 갑자기 저 문을 열고 들어오길 바라다가도, 망가진 내 모습을 보거나 이웃들의 입방아에 오를 때면 원망스러워서 다시는 보고 싶지 않기도 해요. 내가 어떻게 사는지 가끔은 생각이라도 할까요?"

그러고 나서 그녀는 옆집 일을 도우러 가야 한다며 자리에서 일어났다. 마지막으로 급하게 하나만 더 물어보았다.

"남편과 아주버님은 다시 만났을까요? 두 분이 만나서 회포를 풀면 고향으로 돌아오지 않을까요?"

"만난다고 뭐가 변할까요? 가끔은 생각해요. 너무 힘들어서 눌려 죽을 것 같을 때, 어쩌면 이 모든 것은 아주버님이나 형님이나 남편의 탓이 아니라 타고난 운명이라서 정해진 대로 굴러가는 거라고, 나는 그냥 그것을 받아들여야 한다고. 남편이나 아주버님이라고 다를까요? 저는 아주버님이 정말 남편을 만나려고 하시는 게 아닐지도 모른다고 생각해요. 처음에야 그랬을지 몰라도 20년 가까이 지난 지금은…… 품은 한을 풀 수도 없고 놓을 수도 없어서 그냥 그렇게 살아갈 수밖에 없는 거예요. 남편은 고향으로 돌아올 수 없어진 거고, 아주버님은 아우를 찾아다니며 고통받는 삶밖에 모르시는 거고. 저는…… 저에게는 기다리는 삶이 주어진 것일지도 몰라요. 그렇게 우리는 이 숙명을 받아들인 채 살아가는 거지요."

말을 마치고 떠나는 그녀의 모습 너머에서 구슬픈 배따라기가 들려왔다.

강변에 나왔다가

나를 보더니만

혼비백산하여

꿈인지 생시인지

생시인지 꿈인지

와르륵 달려들어

섬섬옥수로 붙잡고

호천망극하는 말이

'하늘로부터 떨어졌나

땅으로부터 솟아났나.

바람결에 묻어 오고

구름길에 싸여 왔나.'

이리 서로 붙들고 울음 울 제

머릿속에 그녀의 남편이 돌아오는 모습이 떠올랐다. 남편을 기다리던 아내는 버선발로 달려 나가 주먹으로 남편의 가슴팍을 치다가 옷을 잡고 매달린다. 아우의 소식이 바다 건너 형에게도 전해져 형도 고향으로 돌아오고 드디어 두 사람이 만난다. 그리고…….

하지만 이건 불가능한 상상이다. 원통함을 드러내기 위해서든, 예기치 못한 변고든 형의 아내가 죽고 나서 돌이킬 수 없게 된 형과 아우의 삶. 각자 짊어진 삶의 무게를 안고 그들은 그렇게 각자의 운명을 살아갈 것이다.

참고 문헌

도서

강영준 외, 《국어 선생님도 궁금한 101가지 문학질문사전》, 북멘토, 2013.

강정인 외, 《서양의 고전을 읽는다 2》, 휴머니스트, 2006.

권영민, 《한국현대문학대사전》, 서울대학교출판부, 2004.

김윤식, 《김동인 연구》, 민음사, 2000.

김윤식·김우종 외, 《한국현대문학사》, 현대문학, 2005.

김희영, 《이야기 중국사 1》, 청아출판사, 2020.

이상섭, 《문학비평 용어사전》, 민음사, 2001.

이서영 외, 《중학생이 즐겨 찾는 국어 개념 교과서 - 새 교육과정에 맞춘 국어 개
　　　　념 153가지 총정리》, 아주큰인물, 2011.

장석주, 《20세기 한국 문학의 탐험 1: 1900-1934》, 시공사, 2000.

전국국어교사모임, 《김동인을 읽다》, 휴머니스트, 2021.

한국정신문화연구원, 《한국민족문화대백과사전》, 1991.

연구 논문

김문수, 〈김동인의 액자소설에 있어서 서술자의 기능에 관한 고찰〉, 《대구어문논
　　　　총》 통권 9호, 우리말글학회, 1991.

류경자, 〈구비설화 속 '여성표상 동물' 이야기에 나타나는 속신(俗信)의 양상과 기
　　　　능〉, 《민속학연구》 47, 국립민속물관, 2020.

신정인, 〈침범과 분열의 파국 - 김동인 〈감자〉의 대상관계론적 해석〉, 《한국사상과
　　　　문화》 제60호, 한국사상문화학회, 2011.

유광수, 〈'쥐 변신 설화'의 소설적 적용과 원천소재 활용 양상 - 〈옹고집전〉, 〈배따
　　　　라기〉를 대상으로〉, 《고소설연구》 23, 한국고소설학회, 2007.

이문구, 〈김동인 소설의 심미의식 연구〉, 단국대학교 국어국문학과, 1994.

이윤경, 〈여우의 이중성과 불교적 변신의 의미 - 《삼국유사》 설화를 중심으로〉,
　　　　《돈암어문학》 제12집, 돈암어문학회, 1999.

표정옥, 〈김동인 소설의 탈신화적 여성상과 전략적 죽음을 통한 근대성 고찰 -
　　　　〈감자〉, 〈배따라기〉, 〈광화사〉를 중심으로〉, 《정신문화연구》 제30권 제3호,
　　　　2007.

김준선, 〈한국 액자소설 연구: 서술 상황과 담론 특성을 중심으로〉, 전북대학교, 2001.

선생님과 함께 읽는 배따라기

1판 1쇄 발행일 2025년 2월 24일

지은이 서울국어교사모임

발행인 김학원
발행처 (주)휴머니스트출판그룹
출판등록 제313-2007-000007호(2007년 1월 5일)
주소 (03991) 서울시 마포구 동교로23길 76(연남동)
전화 02-335-4422 **팩스** 02-334-3427
저자·독자 서비스 humanist@humanistbooks.com
홈페이지 www.humanistbooks.com
유튜브 youtube.com/user/humanistma
페이스북 facebook.com/hmcv2001 **인스타그램** @humanist_insta

편집책임 문성환 **편집** 윤무재 **디자인** 장혜미 김미경 **일러스트** 성자연
용지 화인페이퍼 **인쇄** 청아디앤피 **제본** 민성사

ⓒ 전국국어교사모임, 2025

ISBN 979-11-7087-300-6 44810